目次

室町もののけ草紙

三魔

一

北小路《きたのこうじ》にある将軍御所は、もともと中流公家の屋敷だったので、さほど広くない。なのにその敷地の半分以上を泉水の庭が占めており、常御殿《つねごてん》や会所、台所などは残りの半分にひしめくように建っている。常御殿と渡り廊下でつながる局部屋《つぼねべや》も相接しており、聞き耳をたてればとなりの話し声が聞こえてくるほどだった。

長禄《ちょうろく》二（一四五八）年の秋――。

「おやまあ、いい気なこと」

義政《よしまさ》の側室、佐子局《さこのつぼね》の部屋にきていた今参局《いままいりのつぼね》は、顔をしかめた。

佐子局のとなりには、義政の正室、富子《とみこ》が住んでいる。四年前の輿入《こしい》れのときに新築されたその部屋から、すだく秋虫の音《ね》を突き抜けるようにして、富子の笑い声が聞こえてきたのだ。

今宵《こよい》、義政は富子の局部屋にお渡りした。いま義政と富子は酒食をともにし、楽しげに談笑している。

「公家の娘なのに、遠慮を知らぬ」

いまいましげな今参局の言葉に、佐子局は首をかしげる。

「あのように陽気なおなごのほうが、殿方には好ましいのでしょうか」

という佐子局は細面の美人ではあるが、あまり知恵の回るほうではなく、話の受け答えもありきたりだ。ふたりでいて面白いと思える女ではない。

対して富子は陽気で頭の回転も速いらしく、言葉数も多い。顔立ちもととのっており、大きな明るい目がいつもいたずらっぽく光っている。背は高からず低からず、体つきはふくよかで、袿《うちき》の袖からのぞく白い手は脂がのってやわらかそうだ。

そうした女に男が惹《ひ》かれるのは、今参局にもよくわかる。

それだけでも妬《ねた》ましいが、さらに妬心を煽《あお》られることに、富子は孕《はら》んでいた。年明けにも身二つになると聞いている。

将軍家にはめでたい話だが、側室たちにとってはめでたいどころではない。

兄弟のあいだでの相続争いをおそれて、足利将軍家では将軍となる嫡男以外は男児であろうと女児であろうと、みな出家させる慣例になっている。だから跡継ぎが決まったあとで側室がいくら男児を産もうと、すべて用なしの子として寺に入れられてしまう。

これまでに義政は四人の子をもうけたが、すべて女児だった。もし将軍の正室、富子が産む子が男児なら、次代の将軍はその子に決まる。

生まれてくる子の運命とともに、母である側室たちの人生も決まってしまう。将軍の母となれば大方殿《おおかたどの》とよばれて大切にされ、権勢もほしいままだが、そうでなければ、いずれは暇を出されるか、御所の片隅でひっそりと老いてゆくしかなくなる。

「そういえば御台《みだい》（正室・富子）のお腹《なか》の子、どうやら姫ではのうて若君とか」

佐子局が言う。侍女を町の巫女《みこ》のもとへやり、占わせたという。

「そなたはまた、つまらぬことを」

「いえ、よく当たると評判の高い巫女ゆえ、信じられましょうぞ」

佐子局は真顔で言う。

「若君が生まれれば、もはやわれらに勝ち目はありませぬ。叔母上どのからも、よく言ってくだされませ」

佐子局は三年前に女児を産んだが、そのあとは孕むこともなく、近ごろでは夜のお渡りそのものが減っている。

「ふむ、言うてはおるが」

今参局は、義政の乳母《めのと》である。

次男であった義政は、実母の日野重子《ひのしげこ》が長男の義勝《よしかつ》をかわいがったためにあまりかまわれず、もっぱら今参局の許《もと》で育った。襁褓《むつき》のころから乳をあげただけでなく、食べ物から着る物まで、なにくれとなく面倒を見てきたのである。

ために二十三歳のいまになっても、義政は今参局の言うことをよく聞く。

だがいくら乳母でも、青年に育ちあがった男の嗜好《しこう》までは曲げられない。たまに佐子局に顔を見せてやってくれと言っても、義政は曖昧《あいまい》にうなずくだけで、滅多に言うとおりにはしない。

無理もない。この御所には四人の側室と正室ひとりがいて、みな義政のお渡りを待っているのである。競争はじつにきびしい。

「どうでしょうか、あのう」

佐子局がためらいながら言う。

「侍女が言うには、巫女に呪いをかけさせては、と」

「なにを呪うのじゃ」

「お腹の若君が流れるようにと。その巫女は腕利きで、これまで幾度もうまくやりおおせていると……」

「しっ、さようなことを言うてはならぬ。人が聞いたら、なんとする。御所の壁には耳があると心得ておきなされ」

こういう気遣いのなさが、殿方に飽きられる理由だろうと、今参局は思った。

気がつけば、となりの局部屋は明かりも消え、静かになっている。

「われらも寝るとするかえ」

寂しげにうなずく佐子局をあとに、今参局は自分の部屋へもどった。

二

翌朝は、早くから侍女をひきいて常御殿にはいり、控えの間で義政のもどりを待った。

義政は、陽《ひ》も高い辰《たつ》の刻（午前八時）になってからもどってきた。

「おはようございまする。大樹《たいじゅ》さま（将軍）におかれましてはご機嫌うるわしゅう」

「ああ、お乳《ち》の人《ひと》も元気でめでたいことだな」

と答える義政は面長中高《おもながなかだか》の公達顔《きんだちがお》で、なおかつ武家の棟梁《とうりょう》らしく肩幅の広いがっしりとした体つきをしている。

いくらか眠そうだが、満ち足りた顔をしていた。着付けにも目をやったが、どこにも隙はない。富子の局で、何もかも世話してもらってきたのだろう。

それでも今参局は歩みよって、

「まあ、衿《えり》が」

と小袖の衿の曲がりをまっすぐに直した。義政はされるがままになっている。

「朝餉《あさげ》は、いかがなされまするか。だれに相伴させましょうか」

「ああ、いや、ひとりでよい」

と言って小さくあくびをした。

どうやら世話を焼く隙はなさそうだ。

あまりしつこくしても嫌われる。あきらめて常御殿を出た。

「おや、なにやらにぎわしい」

気がつけば、御所の敷地に番匠《ばんじょう》や河原者が幾人もはいってきていた。建物や庭石を見てはあれこれと話し込んでいる。

「移徙《わたまし》の話は、まことのようで。おお、こわや」

困り顔の侍女に言われ、今参局は眉間に皺《しわ》をよせた。

いまの御所が手狭なので、むかし花の御所とよばれた室町第《むろまちてい》に移転する、との話がもちあがっていた。

室町第は敷地がここの倍以上あるので、局部屋なども互いに声が聞こえるような建て方にはならないだろう。それはいいのだが、費えを惜しんで建物は新築せず、多くをこから移築するという。そのために番匠などが来ているのだ。

移築するとなれば何度も部屋を替わらねばならず、落ち着かない。だから今参局ばかりでなく、御所の女房衆には不評だが、もうひとつ女房衆が恐れていることがあった。

室町第にはもののけが出る、とうわさされているのだ。

もののけの正体は野狐《のぎつね》だとか、将軍に遊ばれて捨てられた女房たち、あるいは将軍家に恨みを抱く者の死霊だとかいわれている。髪や衣服を切られたりするくらいは軽いほうで、とりつかれれば病みついたり、果ては狂い死する、と恐れられていた。

先代の将軍、足利《あしかが》義勝が幼くして亡くなったのも、もののけのせいだとされている。

先々代の将軍、足利義教《よしのり》――いまの将軍、義政の父――が苛烈な政治をしたため、犠牲となった者が多かった。

義教自身も、大名の赤松満祐《あかまつみつすけ》に首を斬られて果てるという、将軍としては前代未聞の哀れな最期を遂げたが、犠牲となった者たちの恨みはそれだけでは晴れず、義教の子、義勝にむかったため、義勝は十歳で早世したというのだ。

もっとも、そのおかげで弟の義政が将軍に就任できたのだが。

義勝の死後、義政の実母でもある日野重子は、もののけをおそれて室町第に近づかなくなった。いまも少しはなれた高倉第《たかくらてい》で暮らしている。

そのため無住の室町第は荒れ放題になっていたが、義政は建物を建てたり作庭をするのが好きなので、広い敷地で作庭を楽しもうと室町第への移徙を決めたらしい。

「普広院《ふこういん》さま(足利義教)が亡くなって二十年近く、慶雲院《けいうんいん》さま(足利義勝)の忌日からでも十五年以上たっておるゆえ、もはやもののけも退散したじゃろ」

「さようでしょうか。まだまだ怨念は残っていると申しまするが」

侍女はいうが、果たしてどうか。怨霊とは所詮、現世では何もできず、死んでから恨みを果たすしかなかった弱い者のなれの果てである。恐れるほどのものかと思う。

「あのう、それより今朝も申し入れがきておりまするが」

「まあ、それを早く言いなされ」

侍女を叱ってから、今参局は実家である大館《おおだち》氏の家人《けにん》と会った。

「東堂《とうどう》（禅寺の住職）をお望みのお方かえ」

依頼人からの書状を読みながら、今参局は話を聞く。

寺には寺領がついているので、住職になれば領主もおなじである。ただ禅寺の住職の任命権は、将軍がにぎっている。だから住職になりたい者は、修行を積んで資格を得ることはもちろん、先代住職に推薦してもらった上で、将軍に何らかの形で認めてもらわねばならない。

そうなると将軍義政と親しく話ができる今参局は、うってつけの紹介者となる。

「この者、銭五百疋《ぴき》（五貫文《かんもん》）を持参しております。寺領は三十貫文ほどとか」

実家の家人が言う。今参局はうなずいた。

「ようわかった。それくらいの寺ならば公方《くぼう》さまに話すほどでもない。蔭凉軒《いんりようけん》に話してみようほどに、しばし待つよう伝えてたもれ」

今参局は大館氏をとおして口入れの依頼をうける。もちろん、それなりの報酬が今参局の懐にはいってくる。

「もうひとつ、公事（裁判）へのお指図をもとめる者がおります」

将軍の指図への口入れは、住職の任命だけではない。武家であれば家の跡継ぎの指名、守護や奉行人など役職への就役、領地争いの裁判への介入など、およそ幕府の権限のおよぶ範囲ならいくらでもある。

話を聞くと、その公事は公家と武家とのありきたりの領地争いだが、訴人《そにん》の公家方が日野家を頼っているという。

日野家と聞いて、今参局の声が低くなった。

「ふむ。されば引付衆《ひきつけしゆう》（裁判の担当役人）だけでのうて、公方さまのほうへ口添えしておいたほうがよさそうじゃな」

三代将軍の義満《よしみつ》以来、日野家は将軍家とのつながりが強くなり、代々将軍家に正室を入れてきた。義政の正室、富子も日野家の娘であり、実母の重子も日野家の出身だ。

日野家の者も義政への影響力をもつから、やはり幕府のまつりごとに口を入れてくる。

実母の重子は大方殿とよばれ、義政が幼少のころは管領《かんれい》や大名たちとの会合をみずから主催したりもした。いまは高倉第にいてさほど目立たないが、義政だけでなく細川《ほそかわ》、畠山《はたけやま》といった大名衆にも信用があるので、軽視はできない。

ほかに目立つのは富子の兄の日野勝光《かつみつ》で、妹の富子に話があるといってはしょっちゅう御所に顔を出す。押しの強い性格らしく、声も大きくてあらゆることに口を出してくる。

重子の従弟にあたる烏丸資任《からすまるすけとう》という公家は、義政を幼いころよりその屋敷で養育しており——いまの北小路第はもともと烏丸邸だった——、若い義政に何かと助言をしていたので、義政が将軍となったいま、口利きの依頼も多かった。そして奉公衆《ほうこうしゆう》（将軍の直臣衆）で赤松一族の松田持家《まつだもちいえ》という者も、やはり義政の側近として口利きをよくしていた。

少し前に、烏丸、松田（赤松）持家、そしてなんと今参局の三人をして「三魔《さんま》」とよび——三人とも名前に「マ」がついている——、三魔こそがいまの政治を乱している張本人だ、と非難する張り紙が出たことがある。

まったく不本意な話だった。義政が若く未熟でなにもわからないから、こちらがあれこれと教えているだけである。多少の礼金はとっているが、それは世間の慣習というものだ。

ともあれ日野一族と対立するとなると、気を引き締めてかからねば勝てない。

「これはむずかしい取り合いになるわ。五貫文や十貫文では引き受けられまい」

三十貫文なら引き受けよう、と念押しをして家人を引き下がらせた。

三

義政の実母の重子と乳母の今参局は、ふだんから反目し合っているが、一度、ふたりの対立が幕府重臣たちまで巻き込む大騒動になったことがある。

もう七、八年も前の話だ。

管領をつとめる三家のひとつ、斯波《しば》家の領国尾張《おわり》で、守護代の任免をめぐって兄弟ふたりが競い合った。兄のほうが守護代をつとめていたのだが、先々代の義教に嫌われて罷免され、弟がそのあとを継いでいた。義教の死後、義政が将軍になると、兄は復帰を運動して今参局を頼ってきたので、今参局はこれをうけ、義政にとりついだ。

当時の義政は十六歳で、世の中の仕組みすらよくわかっておらず、自分で判断を下せるはずもない。今参局に言われたとおり、守護代をつとめている弟を兄に替えると決めた。

しかしこれを聞いた斯波家ではおどろき、

「守護家をさしおいてその家来である守護代を替えるなど、いくら公方さまでもやりすぎではないか」

と反対し、重子に口添えを頼んできた。

守護代となる者は守護家の内衆《うちしゆう》（家来）なので、守護家の当主が任命するのが筋である。もっともと思った重子は、義政に対して考え直すよう申し入れたが、義政は聞かない。生みの母よりも、幼いころからやさしく育ててくれた乳母のほうに愛着をもっていたのである。

　こうした義政の態度に重子は怒り、隠居を宣言して高倉第を出て嵯峨《さが》の五大堂にこもってしまった。

　あわてたのは管領の畠山持国《もちくに》をはじめとする細川、一色《いつしき》、京極《きようごく》など幕府重臣衆だった。まつりごとであれ人事であれ、将軍家に決めてもらわねばならないことは多々ある。将軍義政が若年で頼りない以上、重子に決めてもらわねば幕府がまわっていかない。

　そこで重臣衆が合議し、将軍家へのご意見番であった三宝院義賢《さんぼういんぎけん》に、義政へ意見をしてもらうことになった。

　ことが大きくなったと気づいた義政は、先に下した決定をあっさりと取り下げた。同時に口利きをした今参局を都から追放せよと迫られたので、これにも同意した。十六歳の少年一人では、重臣衆に一致して要請されると対抗できなかったのである。

　実母と乳母の争いは実母の勝ちに終わったのだが、義政は今参局とのつながりを断ち切ることはできなかった。御所を追放される今参局に義政は、

「しばらくしたら重臣どもの許しを得るから、もどってまいれ」

と耳打ちしたものだ。

その言葉どおり、ひと月ほどで今参局は許され、御所にもどってきた。

そうして今日にいたっても、今参局は当時と変わらず口利きに精を出している。

――頼りになるのは、銭だけじゃでの。

今参局は心底からそう思っている。

奉公衆の大館家に生まれた今参局は、年頃になっておなじ奉公衆の家に嫁いだ。

しかし夫は酒飲みでだらしなく、侍女から婢女《はしため》まで手を付ける始末。もともと気が強い今参局は我慢がならない。しかし文句を言うと、夫からひどく打擲《ちょうちゃく》される。たまらず実家に泣きついても、我慢しろの一点張り。離縁したかったが、そのうちに身ごもってしまい、動きがとれなくなった。

子供が生まれても、夫の行状は直らない。悶々《もんもん》としていると、将軍家で乳母を探しているとの話が聞こえてきた。

乳母となれば住み込み奉公となるので、夫とは離れられる。そして奉公衆の妻ならば応募する資格はある。今参局はこの話に飛びついた。

夫も実家も、奉公衆の立場上、表だって反対はできないのを見越していた。

体格がよく、はきはきと物を言う性格も相まって、首尾よく乳母に採用された今参局は、いさんで烏丸資任の屋敷――将軍の次男にあたる義政は、実母日野重子の一族である烏丸邸で養育されていた――にはいった。

夫から離れて安息の地を得た思いで、今参局は当時三春《みはる》と幼名でよばれていた義政を慈しみ、手をかけて育てた。義政は聡明《そうめい》で、また子供ながら顔立ちも立ち居振る舞いもやさしく、今参局によくなついた。

そのうちに他家に預けてきた幼いわが子は病死し、それを機に夫とは離縁した。今参局はますます義政に愛情をそそぐようになる。

当時の将軍義教は四十代とまだ若く、さらに義政には二歳上の兄がいたので、義政が将軍になるとはだれも思っていなかった。長ずれば寺に入れられ、僧侶になるしかないと思われていた。

そんな義政の運命が大きく変わったのは、嘉吉《かきつ》元（一四四一）年六月のことである。父の将軍義教が、播磨《はりま》など三カ国の守護をつとめる大大名、赤松満祐に殺されたのだ。満祐は領国にもどって抵抗したが、しばらくして押し寄せた幕府軍によって討伐され、赤松家領国の多くは討伐に大功があった山名《やまな》家に与えられた。

空位となった将軍職には義政の兄の義勝がついたが、その義勝も嘉吉三年には病死してしまう。

これで義政に将軍の座が転がり込んできた。十四歳で元服すると将軍の宣下《せんげ》をうけ、住んでいた烏丸邸はそのまま御所となった。今参局が近侍するのも変わらない。

すぐに今参局は、将軍に近侍する者の特権に気がついた。そして特権を利用して蓄財ができることにも。今参局は当然のように、この特権をふるいはじめた。

数日して三十貫文が贈られてくると、頼み主の武家を公事に勝たせるため、今参局はありったけの手を打った。

公事を担当する引付衆を呼びつけ、自分が武家の知り合いであり、頼られていると告げる。引付衆を統率する頭人《とうにん》にも、使者をつかわして武家に味方するよう要請する。

管領の内衆にも、それとなく武家の側についていると匂わせる。

もちろん義政にも、決裁書があがってくるころ合いを見計らって告げるつもりだ。

手を打ってしまうと、気になるのは日野家側の出方だ。

「どうやら勝光が動いておるようで」

大館家の家人は、相手の動きをさぐっては報告してくる。

「引付衆のところに足繁《あししげ》く通って、あの大声でなにやら迫っているとか」

日野家は公家としてはさほど家格が高くなく、当主はたいてい中納言止まりだが、勝光は妹の富子の輿入れとともに権大納言《ごんのだいなごん》にのぼっていた。将軍御台の兄という立場もあるが、それだけやり手だということでもあった。

「大方殿は、重臣衆に声をかけておるとか」

それは想像できた。重子と今参局とどちらの言い分を聞くか、重臣衆も困惑するだろう。

「引付衆を押さえておりますれば、いまのところは、われらが優勢と思われます」

家人は言う。義政に直《じか》に接することのできない勝光より、毎日顔を合わせている今参局のほうが、引付衆にとっては脅威なのだ。

「さようか。このままいきたいものじゃな」

権威としては重子のほうが上なのだが、こうしたありふれた公事となると、これまで数多くおなじような口利きをこなしてきた今参局の手練手管が物をいう。それに重子は、怨霊が恐《こわ》くて室町第を捨てたほどの気弱な女だ。負けるものか。

油断さえしなければこの件はこちらが勝つ、と今参局は自信をもっていた。

四

師走があわただしく通りすぎ、年が明けた。

元日の朝、将軍は忙しい。御所内の礼式をすませると、午後には諸大名衆が参賀の拝謁にきて、管領が椀飯《おうばん》の儀をおこなう。

会所広間にて振る舞いをうけるのだが、義政はともかく、正室の富子は表に姿を見せなかった。いまにも生まれるというので、大きなお腹をかかえて局部屋で苦しそうにし

ている という。

御所の中での気のつかいようも尋常ではない。医師が待機するのはもちろん、洛中《らくちゆう》の神社への安産祈願も幾度もおこなわれた。

二日に管領邸への御成始《おなりはじめ》があり、五日には畠山邸に御成と、将軍の正月行事は順調に挙行されてゆく。

富子はずっと部屋にこもったままだった。

「若君でしょうけど、さあて、無事に生まれるかどうか」

と言う佐子局は、なぜか楽しそうだ。

その表情にぴんときて、今参局は問うた。

「まさかそなた、くだんの巫女に頼んだのではあるまいな」

佐子局はうっすらと笑みを浮かべた。その笑みは今参局が見てもぞっとするほど酷薄なものだった。

「いいえ、存じません」

佐子局はゆっくりと首をふると、言った。

「でも御台さまは、この御所の側室みなに恨まれても不思議ではありませんわ」

「これ、そなた、声が高い。御所ではどこに耳があるかわからぬと、何度も言うたであろうが」

「わらわが産《う》み月《づき》だったときも、公方さまが願主になって、洛中のありとあらゆる神社や寺で安産の祈禱《きとう》をしてもらいました。けれど町中の巫女や里山伏の中には、逆に幼児調伏《ちょうぶく》の祈禱をなす者が何人もいたとか。あとで聞いたうわさですけど」

「…………」

「それを聞いたときには、どうして恨まれるのかと泣きました。でも仕方がないことでしょう。女五人で公方さまひとりを取り合うのですから、勝ち残るためにはどんな手でも使わないと」

「……すると御台のお腹の子は、もう幾重にも呪いをかけられているのかえ」

「知りません。でもたぶん、そうでしょう。修験者をあつめて祈禱させている、というお方のうわさも、聞こえてきますわ」

悪いのは公方さまです、と佐子局は言う。

公方さまこと義政は、側室みなにやさしいのだという。そうして期待をもたせておいて、結局は何もしてくれない。

「約束をしても、あとで『そうであったかの』などと平気でなかったことにしてしまわれます。幾度泣かされたことか」

義政はまるで凧《たこ》のように、風次第であちらへふらふら、こちらへふらふらとさまよい、頼りないことおびただしい、と言う。

これには今参局もうなずかざるを得ない。たしかにいまの義政は、そんな男になっている。幼いころは利発ですなおな子だったのに。

七日の七草粥《ななくさがゆ》を境にして、正月気分は急に醒《さ》めてゆく。

そろそろ、と言われながらも、富子はまだ産気づかなかった。

「正月の忙しいときをはずしたのだから、さぞ思慮深い子でありましょう」

といった軽口さえ聞こえるようになったころ、富子が輿に乗り、実家の日野家へもどっていった。いよいよ出産が迫ってきたようだ。

さてどちらか、若君か姫君かと御所の女たちが聞き耳をたてたが、一向に話が伝わってこない。

「不思議なこと。もう生まれてもいいころなのに」

二日たっても音沙汰がない。あるいは難産か、と女たちはうわさしあっていた。

「もしかしたら……、よくないことでも」

佐子局は、軽い調子で言う。

「ふむ、案外と大ごとかもしれぬな」

そんな話をしていると侍女のひとりが、

「生まれた御子は若君でしたが、無念なことにすぐに亡くなられたそうな」

というわさを伝えてきた。

「おう、それは！」

「まあ、おいたわしいこと」

と言う佐子局は、笑みさえ浮かべている。

「どうしたものか。さっそく日野のお屋敷に悔やみの言葉をとどけたものか」

今参局は迷ったが、まだうわさ話であり、確たる話を聞いてからでも遅くないと思いとどまった。するとその夕方、義政があわてて御所を出ていった。

「おやまあ、なんと急なこと」

今参局は不審に思った。将軍が外出するにはそれなりの手順があり、今参局にも声がかかるはずなのだが、それもなかった。輿に乗り、警固の近臣衆だけを供に出ていったのだ。

その夜、義政は帰ってこなかった。日野邸にお泊まり、とのことだった。

やはり何かあった、と御所の中はうわさで持ちきりになった。

翌日の昼前。

門のあたりが騒がしくなった。蹄《ひづめ》の音と大勢の足音、侍たちの話し声が聞こえる。

室町第への移徙の支度が本格的にはじまっていたから、その関係かと思っていると、足音は今参局の部屋に近づいてきた。そして部屋の外から朗々と呼びかけてきた。

「今参局どのに申し上げる。それがしは侍所《さむらいどころ》所司《しょし》、京極中務《なかつかさ》の手の者にござる。お尋ねしたき条々あり、中務の屋敷までご同道を願い上げ申す」

侍所といえば、洛中の警備・取り締まりに任ずる役所である。その侍所にどうして自分が行かねばならないのか。

わけがわからずに立ち尽くしていると、縁側から侍たちが土足で踏み込んできた。

五

「とんでもない言いがかりじゃ。わらわは知らぬ。だれか他の者のしたことじゃ！」

今参局は声を張りあげた。

部屋に踏み込まれたあと、粗末な輿に乗せられて京極中務の屋敷に連行された今参局は、そのまま敷地の端にある一室の床に引き据えられた。そこで自分にかかった嫌疑を聞いて仰天した。

「御台さまの産んだ若君を呪詛《じゅそ》したであろう」

と言われたのだ。

「一昨日、御台さまは若君を出産なされた。しかし若君は、産声をあげることもなく身罷《みまか》られた。公方さま、御台さまの悲しみはひとかたならず」

棒をもった警固の者が数名、まわりを取り巻く中で、取り調べにあたる侍は厳しい顔をして言う。

「御台さまの女中衆からは、御台さまと腹中の若君を呪詛する者があるとのうわさが、以前からあったと聞いておる。若君が生まれては困る者の仕業であろうというが、誰とはわからず、困惑しておった」

そう言うと侍は口を閉じ、ひたと今参局を見つめた。今参局が動揺するかどうかを見定めようとしたのだろう。

「それが、なぜわらわなのかえ」

侍をきっと見据えると、今参局は鋭く言い返した。いい加減なことを言うと、ただではすまさぬとの気迫をこめたつもりだ。

うなずいた侍は、落ち着いて言った。

「こたびの件でもし呪詛が行われたならば、必ず何か跡が残っているはず。そこで産所のまわりを調べた。すると、床下からかようなものが見つかった」

侍は盆にのせた紙包みを見せた。

それは白紙に墨で梵字《ぼんじ》が書いてあり、護符《ごふ》のように見えた。

「これが呪詛のためのものであることは、明白」

今参局はあきれた。

「それが、なぜわらわのしたことになるのかえ。わらわが誰かに呪詛を頼み、その上に産所に忍び込んで、床下にそれを投げ入れたというのかえ」

おそらく側室のだれかの仕業だろうと思ったが、そこまでは言わなかった。

侍は答えず、ひたと今参局を見つめたまま問う。

「お局どのは、春日《かすが》神社に代参人を送られたか」

春日神社？　まったく憶《おぼ》えがない。

「さようなことは、しておらぬ」

今度はいったい何を言い出すのか。

「しかし、ちゃんと証《あかし》があがっておる」

侍は自信たっぷりに言う。

「この呪符が春日神社のものであると言う者がいたので、人をやって調べた。するとお局どのの願文があって、そこに幼児調伏の願いが書いてあった」

「うそじゃ！　さようなこと、誰かのでっちあげじゃ！」

今参局は声をあげた。佐子局だってそんなことはしていない。まったくの作りごとだ。

ここまできてやっと、自分が周到に仕組まれた罠《わな》に嵌《は》められたことに気づいた。

「わらわではない。おそらく日野家の者どもが仕組んだ罠じゃ。若君の死産を幸いと、わらわに罪をなすりつけようとしておるのじゃ！」

大方殿こと重子の取り澄ました顔と、日野勝光の脂ぎった顔が脳裏に浮かんだ。どちらかが、いやおそらくふたりが組んで仕掛けた罠だ。

「ほう。それではうかがい申すが、なぜ日野家の方々がお局さまを罠にかけようとなさるのかな」

侍はおもしろそうに尋ねる。

「日野家の者どもとはある公事で対立しておる。それが理由よ」

「公事？　わからぬことをおおせじゃ。公方さまのお乳の人が、なぜ公事に関わるのでしょうかな」

問われた今参局は、ぐっと詰まった。

「本来、公事に関わるはずのないお方が関わるとあれば、それは曲事《くせごと》でござろう」

侍は言う。今参局は混乱した。どうやらすでに深く罠に絡《から》めとられているようだ。

「ええい、もう我慢ならん。すぐにここを出しなされ。公方さまに願って、そなたら無礼な者たちを処罰してくれようぞ」

「いや、われらこそ公方さまのお指図で動いておるので」

侍は薄笑いをうかべて言う。今参局はさらに声を張りあげた。

「とにかく公方さまに会わせなされ。さすればすべての誤解も解けように」

「しばしお待ちあれ。これまでの調べを公方さまに申し上げる手はずになっておる。お局さまの言い分も、もちろん申し上げるゆえ、心配めされるな」

そう言うと侍はさっと姿を消した。

残された今参局は、すぐに出せ、御所にもどせとさんざん文句を言ったが、警固の者たちは取り合わない。

半刻《はんとき》（約一時間）ほどすると、先ほどの侍がもどってきた。そして今参局に向き合うと、

「お局さまは流罪と決まった。すぐに出立せよとのお指図じゃ」

と告げるではないか。

今参局は「なんと！」と発して一瞬、動きを止めたが、すぐに手をあげて言った。

「ま、待ちなされ。く、公方さまに申し上げたのか。何かのまちがいじゃろ」

何もしていないのに、ろくな調べもなく流罪とは、あまりにひどすぎる。それが育ての親に対する仕打ちか。

「まちがいではない。公方さまお直のお指図じゃ。お局さまが呪詛したこと、証拠が明白な上は処罰もやむなし、とおおせよ」

「流罪とは、どこへ」

「近江《おうみ》の沖の島じゃ。鳰《にお》の海《うみ》（琵琶湖《びわこ》）の中にある島じゃな」

それを聞いて今参局は口を閉じ、あらがうのをやめた。

一筋の光明を見た気がしたからだ。

翌朝、今参局の輿と警固の兵たちの行列が、京極中務の屋敷を出立した。逢坂《おうさか》の関をとおり瀬田《せた》の橋をわたると、その日は守山《もりやま》で泊まり、あくる日は湖岸沿いに北上する。

――何度でも御所に立ち帰ってやるわ。

街道をゆく輿の中で、今参局は復帰の方策を考えていた。

義政はおそらく重子や富子に突き上げられて、いやいや今参局を流罪にすると認めたのだろう。しかし以前のように、ほとぼりがさめたころ都へもどすつもりなのだ。そうでなければ、近江の沖の島という中途半端なところへの流罪は、あり得ない。

富子たちの怒りが消えるのにふた月三月《みつき》はかかるだろうが、そのあいだに義政は身の回りの世話で不便を感じ、自分が恋しくなるだろう。そうしたら義政の身を案ずるような文をつかわす……。

だが、その思考はいきなり断ち切られた。

「……舟にのせて、唐崎《からさき》の沖に沈めるそうな」

と、輿の外で兵が異様な話をしているのが聞こえたのだ。

「いや、尋常に斬首しまいらせるというぞ」

思わず聞き耳を立てた。

兵たちの話の断片から察すると、あとから別の侍衆がくるらしい。その侍衆は討手であり、自分の命を奪うというのだ。

途端に心ノ臓が駆け足をはじめ、顔がかっと熱くなった。

——誰じゃ。義政の差し金か！

いや義政のはずがない。あれだけ面倒を見てやった子が、養い親を殺すなどできるはずがない。

——ならば富子か！

自分の腹を痛めた子を死なせて、悲しみと怒りのあまり憎しみをこちらに向けたか。富子の明るい顔と、はきはきとした物言いが脳裏に浮かんできた。ああいう女は思い切りもいいだろう。若いから遠慮も知らない。

それとも、やはり重子か。長年いがみ合ってきた重子が、このときとばかりとどめを刺そうとしているのか。

おそらくそのふたりだ。富子と重子が組んで、討手を差し向けたのにちがいない。

怒りで体が震えだした。

幕府重臣をもしのぐ権勢を誇った自分が、これほどたやすく命を奪われるとは……。

あまりに理不尽ではないか！

しかし、怒りのつぎに襲ってきたのは絶望だった。囚《とら》われの身では暗殺を防ぐ術《すべ》もない。ここに味方などひとりもいないのだから。

今参局は輿の中でぐったりした。そしてなるほど、と思った。

重子を弱い女だなどと、とんでもない誤解をしていた。

ここまでのやり口がよどみなく素早いのは、手慣れているからだ。おそらく重子は、これまでにもこうして幾人もの敵を葬ってきたのだろう。

室町第のもののけを恐れているのが、その証拠だ。恨まれるだけの憶えがあるのだ。

もっと早く重子の恐ろしさに気づくべきだったと後悔したが、もう遅い。

――何とかならぬのか……。

やられっぱなしではあまりに悔しくて、成仏すらできそうにない。せめて重子と富子に仕返しをしたい。

考えているうちに、気がついた。

人がもののけになるのは、こうした時なのだろう。

もののけになるのは弱い者と決めつけていたが、そうではない。弱かろうが強かろうが、あまりに過酷で理不尽な運命に直面したとき、人は怨念を残してこの世を去る。その怨念がもののけになるのだ。

ならば自分ももののけになって、重子と富子に仕返しすればよい。

重子や富子だけではなく、その子や孫、末代まで祟《たた》るような仕返しをしてやろう。

この恨み、思い知らせてやる。

となれば、もはや一日や二日長く生きても意味はない。

あのふたりが恐れるような死に方をしなければならない。こちらの憤怒と怨念が伝わり、ふたりが震え上がるような死に方を。

それには……。

「お願い申す。頼み申す。警固の侍衆よ、わらわの願いを聞いておくれ」

今参局は輿の中から声をあげた。

「侍衆よ、聞いておくれ。礼はする。最期の頼みを聞いておくれ！」

＊

「かの局は、沖の島へ送られる途中、蒲生郡《がもうごおり》の甲良荘《こうらのしょう》なるところで果てたそうな」

日野家の屋敷に富子を見舞いにきた重子は、静かにそう言った。

「果てたとは？　亡くなられたのでしょうか」

寝具に横たわったままの富子は、物憂げにたずねた。産後の回復が思わしくなく、いまだ起き上がれずにいる。

「さよう。まあ詳しくは聞いておらぬが、みずから死を選んだようじゃな」

「まあ」

「すぐには信じられぬが、われら日野家に呪いの言葉を残して、腹を切ったともいうぞ」

「腹を？　まさか！　そんな……」

もし本当なら、日野家に派手なあてつけをして死んだということになる。

「おかわいそうに」

富子はぼそりと言った。いまはまだ、何も考えられない。この重子と兄の勝光がさかんに何かを話し合っていたのは知っているが、それが今参局の死とどうかかわっているのかもわからない。すべては他人事《ひとごと》だと思える。

能面のような表情で伏せている富子の枕元で、重子はため息をつき、こぼした。

「これでまた、室町第のもののけがふえるわな。おおこわや。わらわは決して室町第へは近づかぬ。そなたも気をつけや」

翳りゆく世に

一

寛正《かんしょう》三(一四六二)年六月——。

将軍足利義政の実母、日野重子が住む高倉第では、庭普請と建物の修築がすすめられていた。

重子は美しさで有名な西芳寺《さいほうじ》の庭を見たいと望んでいたが、女人禁制の寺ゆえ入れない。そこで義政が親孝行と自身の楽しみを兼ねて、高倉第の庭を西芳寺を模したものに造り変えているのである。

西芳寺の庭は池と石組みが中心となっているので、高倉第の庭でも終日、石を運ぶ河原者の声が聞こえている。

一方、庭とは反対の北側にある対屋《たいのや》の一室は、墨と膠《にかわ》の臭いを発していた。中では、剃《そ》りあげた頭にたすき掛けした黒衣の男三人が、床にすわりこんで筆をふるっている。庭にあわせて改築中の会所広間におさめる襖絵《ふすまえ》、四季山水図を描いているのだ。

狩野正信《かのうまさのぶ》は、山水図の近景の河原と背景となる山とのあいだに流れる雲烟《うんえん》を、部屋の隅で描いていた。

「おっと狩野どの」

と頭の上から声がかかった。顔をあげると、むずかしい顔をした宗継《そうけい》が立っていた。

「そこ、あまりに重すぎないかな。この絵は馬遠様《ばえんよう》にせぬと」

「馬遠様になってませんかね」

正信はひやりとしながら言い返した。

「ああ、どう見ても牧谿《もっけい》だな」

馬遠も牧谿も唐国《からくに》の絵師で、その作品は本朝にもいくつか入ってきていた。そして本朝の絵師たちが唐絵《からえ》（水墨画）を描くときは、こうした先達《せんだつ》の画風を取り入れることになっている。襖絵にしろ屏風絵《びょうぶえ》にしろ、依頼主から「馬遠様にしてくれ」とか「牧谿様に」と指定があるのだ。

それぞれ構図だけでなく、描線の力強さやぼかしの入れ方など、一見してわかるちがいがあるので、絵師はそれにあわせて描く器用さがもとめられる。馬遠ならば描線は細く、雲烟はあるかないかの薄さに仕上げねばならない。だが正信はたっぷりと湿り気の感じられる重厚な雲を描いていた。

「父上、これ、ちと悪《あ》しゅうありませぬか」

と宗継は部屋の奥に声をかけた。

部屋の奥で細い筆をつかっている初老の男は小栗宗湛《おぐりそうたん》といい、宗継の父でかつ将軍義政お気に入りの絵師である。

周文《しゆうぶん》という相国寺《しようこくじ》の僧が将軍の御用絵師を長くつとめていたが、老齢のため数年前から描けなくなっていた。いまは幾人かが機会に応じて描いているが、近々、御用絵師は宗湛ひとりに定まるとうわさされている。

今回の襖絵も、何人かの絵師に試しの下絵をもとめ、それを能阿弥《のうあみ》、芸阿弥《げいあみ》ら書画に目利きの同朋衆《どうぼうしゆう》(将軍側近で雑務・芸能に従事する者)と将軍が評定した上で、宗湛にまかせると決まったのだった。

「うるさいな。なんじゃ」

集中していたところを邪魔されたせいか、宗湛は不機嫌な声をあげた。

「ここ、馬遠様になっておらぬと見えまする」

「なに? どれ」

筆をおいて立ち上がった宗湛は、そのがっしりした体を正信の背後へ運んだ。

「そうじゃの。ちと馬遠とはちがうな」

しばらく正信の描いたところを眺めてから、宗湛は言った。

顴骨《かんこつ》が盛りあがっており、押し上げられて細くなった目と厚い唇が、武骨な印象を与える。もともと常陸国《ひたちのくに》の侍で、二十年ほど前の結城《ゆうき》合戦で手柄をたてたほどの猛者《もさ》である。しかしその後の享徳《きょうとく》の乱で領地を奪われたため出家し、相国寺に入って周文に絵を学んだという経歴をもつ。

「筆の使いようがちがう。さて、どうするか」

宗湛は考え込むようだった。

まかされた襖絵は、広間の北と西に面する四面の襖ふた組、合計八面である。これをひとりで描いていては一年以上かかってしまうので、宗湛は構図とそれぞれの絵の肝となる人物や山、花鳥などを描き、背景は助手たちにまかせるやり方ですすめていた。

「このほうがいいと思いますが」

正信は言った。

「川の流れと舟の細い線に馬遠様の雲烟を描くと、遠景の山が引き立ちません。ここはもっと輝くように……」

「わぬし、父上に口答えするか」

宗継の鋭い声で、場の空気が張り詰めた。

「……たしかにいくらか馬遠の筆づかいとはちがいますが、雲烟だけならさほど目立ちませんし、全体を考えるならこのほうがいいと思います」

負けずに正信は言い張る。

「いかんな」

宗湛は首をふり、言う。

「馬遠様に、とおおせになったのは公方《くぼう》さまじゃ。それをわれらが勝手に変えるわけにはいかん。馬遠様に、と言われたらあくまで馬遠に似せて描くのが、絵師のつとめじゃ」

正信は下をむき、小さく息を吐いた。

「馬遠、牧谿、玉澗《ぎょくかん》、夏珪《かけい》。会ったことも見たこともない唐国の絵師ばかり。自分というものは、ないのですか」

ぼそりと言うと、宗湛がむっとするのがわかった。

「ならばわぬし、牧谿や馬遠を超える絵を描いてみよ。それからでなければ、言っていい言葉ではないわ」

宗湛に言われた正信は、深く息を吸うと筆をおき、宗湛にむかって深々と一礼した。

「ええ、そうします。そのためにはもっと修練を積まねばなりません。ゆえに本日ただいまをもって暇をいただきます。失礼いたしました」

と言うなり立ち上がり、たすきを解きながら、さっさと部屋を出ていってしまった。

おいていかれたふたりは、しばし呆然《ぼうぜん》と正信の背中を見ていたが、まず宗湛が腕組みしながら言った。

「あやつ、腕は抜群じゃが、それがかえって仇《あだ》になっておるな。天狗《てんぐ》になっておる」

「前々から生意気なやつとは思うておったが、あれほどとは」

宗継が首をひねりながら言う。

「仕方がない。明日からは次郎を呼べ。急がんと間に合わんぞ」

あまり腕のよくない次男を穴埋めに使うことにして、ふたりは作業にもどった。

二

高倉第から町中へ出ると、極楽から地獄へ落とされたような気分になる。

京の町の通りに目立つのは、襤褸《ぼろ》を着た親子や物乞いをする老人、目ばかり鋭い浮浪児たちの群れである。家々はごみごみと建ちならび、猥雑《わいざつ》で悪臭すらただよっている。

昨年まで日照りや大風、蝗《いなご》の害で凶作がつづき、西国も東国も飢えに悩まされた。食うものがなくなった村々から、寺社がほどこすわずかな救い米をもとめて、京に飢民が流れ込んできた。

しかし、京ではただでさえ米麦が値上がりし、町衆も食うに困るほどになっていたから、何万という民に配る米などあるはずがない。せっかく京にたどりついても、飢えのために倒れる者が続出し、一時は町中のそこここで死体が見られるほどだった。

奇特な坊さんがいて、鴨川《かもがわ》の河原や町の辻《つじ》、寺社の境内に転がる死体に小さな木片で作った卒塔婆《そとば》をおいて供養していった。するとその数は八万二千あまりだったという。

——地獄ってのは、いまの京みたいに汚くて騒がしいのだろうな。まあ、慣れれば住めるものだけど。

昨年以来、飢餓地獄もかくやと思わせる光景を見てきたし、自分自身、ずいぶんと飢えに苦しめられた。

一方で高倉第の中、つまり公方さま一族の住処《すみか》は、なにもかも清らかで上品だった。香を焚《た》いているのか、よい匂いも漂っていた。

それもそのはずで、なにしろ高倉第の補修では、腰障子一間に二百貫文（銭にして二十万枚）も費やしたとうわさされているのだ。一文すらもたぬ者も世には数多くいるというのに、まさに天と地の差である。

世の中には西芳寺や高倉第のような極楽もあるが、自分は地獄の側に住むしかないとあきらめている。

それにしても子供のころは、もっと暮らしやすかったと思う。飢饉《ききん》もなく町もきれいで、ときどき土一揆《つちいっき》があったものの、すぐに終わっていた。いまは世の中そのものが翳《かげ》ってしまっているようだ。

夏の強い日射《ひざ》しにあぶられながら通りを歩いた。上京の高倉第から下京にある正信の家まで、半刻ほどの道のりだ。

狩野家の表は店棚《みせだな》になっていて、色とりどりの扇がならべてある。妻が店先を見ながら、だるそうに扇に緒紐《おひも》をつけていた。

正信が店に入ると、妻は不審そうな顔になった。

「具合でも悪いのかえ。陽《ひ》も高いのに、どうしたの」

「やめてきた」

「なにを」

「助手を。今日ですっぱりやめた」

「へえ？」

「馬遠様だの牧谿様だの、窮屈すぎる。もっと描きたいように描かせてくれって」

妻はしばらくぽかんと口をあけ、正信を見ていたが、やがて悲しそうな顔で、

「あんたは、もう。せっかく助手にしてもらえたのに。そんなことで世の中を渡っていけると思ってるの」

妻は亡き父の絵師仲間の娘で、ふたつ年上である。それだけに時々、正信を子供のようにあつかう。

しゃべると疲れるのか、妻はひとつ大きくため息をついた。

昨年の飢饉で妻はずいぶんとやせ衰えてしまった。正信も同じようにやせたが、いまは回復しているのに、妻は衰える一方だ。

食べ物が乏しかった時期も、妻はいつも正信に多めに食べさせ、自分は少なくても我慢していた。そうしていると慣れてしまい、少なくても耐えられるのだ、と言っていたが、それが結果としては悪かったようだ。

春の終わりごろには病み衰えたようになり、半日ばかり気を失っていたこともある。そのようすを見た近所の古老に脚気《かっけ》ではないかと言われた。あわてて薬をもとめようとしたが、高価すぎて手がでない。手を尽くして米を入手し、重湯を飲ませるなどして回復はしたものの、以来、あまり動けなくなり、一日のほとんどを家の中で過ごしている。

「ねえ、なにがあったの」

と妻は静かにたずねた。

「いや、山水図の雲烟を描いていたら、描きようがちがうって文句を言われて。それまでもいろいろあったけど……」

これまでに弟子として宗湛に仕えてきた中でたまった不満を、妻にぶちまけた。

「だいたい、あのお人は下手だって。人を描いても屋敷を描いても、線が定まらん。わしのほうがうまく描ける。なのに雲烟やら芦《あし》の葉やらばかり描かされて、あげくに描きようがちがうって直される。やっていけん」

「あんたは子供のころから描いていたから、うまいのは当たり前でしょうに」

妻はぺたりとすわり込んだまま言った。

「まあな。もともと武士で、四十すぎまで絵は手すさびにやっておられただけの宗湛さまと比べれば、稽古絵の数もちがう。おれのほうがうまいのは当たり前よ。しかし、だったら、なんで直されるんだよ」

「そんなこと、あたしに言われても」

正信の父は上総《かずさ》の武家出身で、若いころ京へでてきて絵師になった。正信が子供のころから父は扇絵を描いて暮らしており、ときどき公家や寺社の頼みをうけては屏風絵なども描いていた。そして当然のように幼い正信に絵を教え込んだ。

父は宗湛のような唐絵ではなく、朝廷の絵師である土佐《とさ》家に弟子入りして大和絵《やまとえ》を学んだ。だから墨ではなく絵の具や金箔《きんぱく》を使い、山水より人物や花鳥を得意としていた。正信が幼時に教えられたのも大和絵だった。

もともと天分があったのか、正信の腕はぐんぐん上がり、十三、四歳のころには父も兜《かぶと》を脱ぐほどになった。扇絵でも、正信の絵を好んで買ってゆく客がふえていった。

しかし二十歳をすぎたころ正信は、

「これからは大和絵ではなく、唐絵だ」

と言い出して唐絵の独学をはじめた。淡泊で奥行きの深い水墨の表現に魅せられたのと、世の権力を占める武家が唐絵を珍重するのを見て、新しい世界に踏み込みたくなったのだ。

父も唐絵を学ぶことを黙認したので、しばらくして師にもついて学んだ。数年で唐絵の様式にも精通し、馬遠様であれ夏珪様であれ、もとめられるように描ける自信をつけた。

宗湛の助手になったのは、父が亡くなり店を継いだあとの二年前で、ちょうど武家や寺社からの注文がふえて、宗湛も忙しくなっていた時期だった。

以来、家では扇絵を描き、宗湛からもとめられると店を妻に任せ、出かけていって助手をつとめた。何でも描ける正信は、宗湛のもとでも重宝されていたのである。

「とにかく、もう助手はやめた。これからは家で描く」

正信は言った。

「店番をしながら描くから、そなたは、奥で寝ていていいぞ。これからは、もっと楽にしてやる」

これも助手をやめた理由のひとつだった。病身の妻をひとり家においておくのは、不安だったのだ。

妻は一瞬、目を瞠《みは》り、それから小さな声で「うれしい」と言った。

三

家にもどった正信は、しばらく扇絵を描いていたが、亭主が家にいたとて扇が売れるわけではない。せっせと描くうちに、扇を並べる棚もいっぱいになってしまった。

――ここにいても、先がない。

と正信は思う。

父の跡を継いで扇屋をやっていくだけで終わりたくはなかった。

絵の腕前には自信がある。この腕で世に出たいと切に思う。

公方さまの御用絵師になり、襖絵や屏風絵の大作をつぎつぎとものにしたい。御所や大寺院の広間を自分の描いた絵で埋め尽くしたら、さぞ気分がいいだろう。それこそ絵師にとっての極楽だ。

宗湛の助手になったのはそのためだが、結局は便利使いされるだけで、自分の名を売る機会などまったくなかった。あのまま宗湛の許《もと》にいても、やらされるのはせいぜい師の代作で、いずれは子の宗継に仕えることになってしまっただろう。やはり自分で名を売らねばならない。

とはいえ、どのように名を売ればいいのか、まったくわからない。公方さまやその側近へのツテなど、ひとつもないのだ。

名の売り方を考えて、数日のあいだ正信は部屋の隅で寝転がったり、膝を抱えたりして考えつづけた。しかし五日たち、十日がすぎてもいい考えは浮かばない。見かねた妻に、

「たまには外へ出なされ。家の中でくすぶっていたら黴《かび》がはえてしまうわ」

と言われて、久しぶりに外へ出た。といっても行くあてもない。夕涼みがてらに、鴨川の河原をめざした。

通りにはあいかわらず物乞いや浮浪児が目につく。そろそろ土一揆が起こりそうだとのうわさも流れていた。

夏場で流れが細くなった鴨川では、魚捕りの網を打つ者が目についた。

少しはなれた河原では、数名が半裸になって体を洗っている。洗い終えた者は、品の悪い朱色の扇子で体をあおぎながら、奉公先のうわさ話をしていた。どうやら武家の屋敷に奉公する者たちらしい。

ここから見ていても、朱色の扇は目につく。色彩が派手だし、動くからだろう。

そのようすを見ているうちに、正信はある方法を思いついた。

——さて、どうかな。

姑息《こそく》な方法だし、うまくゆくかどうかわからない。しかしツテがなくてもできる。やってみる価値はあると思えた。

翌日、正信は朝から白地の扇を前にして、じっと考え込んでいた。

「あら、やる気がもどったの」

と妻は言った。だが気怠《けだる》そうで、喜んでいるようでもない。その足にむくみが見えるので大丈夫かと問うと、なんでもない、と首をふるのだった。

じっくりと考えた末に、正信はまず扇の上端に金箔を貼りつけた。目だつためである。余白には唐絵の技法をもちいて芦と雁《かり》を描いた。細心の注意を払い、ありったけの腕前をそそぎこむ。

三日がかりの作業で、仲間を求めて鳴く雁の姿が描きあがった。悪くない出来映えだった。正信は店の名と自分の名を書き入れ、朱印を捺《お》した。

翌日、正信は将軍側近の同朋衆、能阿弥の屋敷をたずねた。

能阿弥は自身も相当な腕前の絵師であるが、ふだんは将軍のお側《そば》で書画や茶道具などの目利きをしている。宗湛が高倉第の仕事を受けたとき、発注のお礼を申し上げに行った。その供をしたので、屋敷の場所は知っていたのだ。

とはいえ中に知人がいるわけではない。

しばらく眺めていると、若い男が出てきた。屋敷で使われている下男のようだった。

「あのう、もうし」

正信は男に声をかけた。不審そうにふり向く男に近づくと、できたばかりの扇を差し出した。

「あの、これ、使ってもらえませぬか」

「はあ?」

警戒する男に、正信はつっかえながらも自分の意図を話した。

「おお、そんなことならお安いことじゃ。でも、本当にもらっていいのかな」

話を聞いた男は、笑顔になっている。

「ええ、どうぞ。ぜひ使ってくださいな。できれば屋敷の中で、うんと目立つように」

「目立つようにな。わかったわかった」

屋敷の中で端が金色の扇を使えば、そのうちに主人である能阿弥が気づいて、扇をしげしげと見る。そうなれば能阿弥は目利きだから、正信の非凡な腕前に気づくだろう。扇にはちゃんと店の名を書き込んであるから、いずれ使者がたずねてくる、という読みである。

期待を胸に、数日待った。

しかし使者は来ない。

じれた正信はまた能阿弥の屋敷に出かけていった。昼下がりから夕暮れまで待って、やっと男をつかまえた。

「ああ、あの扇のことか」

男はうなずいて言う。

「おうさ、言われたとおりに目立つように使っていたら、あるじが気づいたぞ」

「やはり。そ、それで？」

「扇の絵をじっと見て、ふふんと笑って返してくれた」

ふふんと笑った？　それだけなのか。

「ああ、それだけだ。じっと見てはいたけど」

愕然《がくぜん》とした。笑われただけだと。

「どうした。用が済んだなら、行くぞ。門の前で油を売ってたら、こちらが叱られる」

「あ、ああ、すみません。あの、お名前は……」

「吉三《きちざ》だ。もういいかな」

どこかへ使いに行く吉三と別れて、正信は家にもどったが、頭の中は千々に乱れ、町の風景も目にはいらなかった。

なぜ笑われたのか。腕前が認められなかったのか。

いや、じっと見ていたというから、一度は目をひいたのだ。なのに最後は突き放された。あの絵ではだめなのか。

夜中まで悶々《もんもん》として考え尽くした結果、ここでくじけてはならぬと思い、もう一度新しい題材と構図で試してみようと心を決めた。

題材は朝顔にする。

これまでの作例では太い筆を使い、花弁一枚をひと筆で描いていた。しかし今回は新しい工夫として細い筆を使い、花弁の奥のおしべやめしべまでわかるように描くつもりだ。そして葉は緑の絵の具で色をつける。白地に黒と緑なら目立つだろう。

花の実物を見ながら何枚も下絵を描き、構図と筆使いをためした上で、扇の上に描く。納得のゆく出来映えになるまで三度描き直した。これまで見たこともない精細な朝顔の図ができあがった。

能阿弥の屋敷に出向き、吉三を呼びだして扇をわたす。

「おなじように使ってくだされ。先の扇はそのまま使ってもらってもよし、売り払うもよし。ご随意になされ。目のある者なら、一貫文でも喜んで買ってくれましょう」

と告げると吉三は目と口を大きく開き、

「一貫文！」

と言って絶句した。

四

秋風が吹きはじめ、扇子は売れなくなった。

屏風や襖絵の注文もないし、助手としての手当も、もちろんない。少しばかりあった蓄えも、どんどん減ってゆく。

妻の体調はもどらない。それどころか足のむくみが目だつようになり、さらには腹に水がたまってふくれてきた。

もはや井戸からの水くみも大儀なようで、正信が代わってやっていた。煮炊きはできるので、朝夕、正信が買い求めてきた米や野菜を調理するのが唯一の仕事になっていた。

ただし玄米は胃の腑《ふ》に重いというので、正信が杵《きね》でついて白米にしてやっている。

そんな中で能阿弥の屋敷に吉三をたずねると、「よお」と笑顔で迎えてくれて、口調もいくらか丁寧になっていた。ははあと思っているとやはり、

「あれ、本当に一貫文で売れた」

と言うのだ。正信を見る目も敬意を含むものに変わっている。

「で、どうでした。新しい扇は」

さっそくたずねると、吉三は真顔にもどって首をひねる。

「どうなのかな。やはり目にとまって、ちと見せよと言われたが」

「ええ、それで」

「前のときとおなじようにじっと見て、あはは、と大笑いしてから返してくれた」

「大笑い？　大笑いですか」

「ああ。楽しそうにな」

楽しそうに？　朝顔の絵を見てか。どういうことだ。

ますますわからなくなってきた。

正信の絵がまったく駄目だ、という笑いなのか。しかし「楽しそうに」笑ったというのだから、なにか含みがある気がする。

「そなた、絵師か。うちの主人に売り込んでいるのか」

吉三がたずねる。

「ええ、まあ」

「ふうん。わしには絵の善《よ》し悪《あ》しはわからんが、そなた、うまいとは思うぞ。あんな本物のような絵、初めて見たわ。なぜあるじが笑ったのか、不思議に思うておった。今度、理由をきいてみてやろうか」

思わぬ援軍だった。一貫文の利得をもたらしてくれたお返し、といったところか。

「ええ、ぜひお願いします」

「よっしゃ。じゃあ、また何日かしたら来てくれ」

頼みます、と吉三に手を合わせておいて正信は家にもどり、また扇絵の工夫にかかった。

手応えはあった、と思いたい。なにか足りないものがあるのだろう。それさえ埋めれば、気に入ってもらえるのではないか。

鳥を描き、花を描いた。つぎはなににしようか。

考えた末に、人物を描くと決めた。

扇に人物を描く例は少ないから、興味をひくだろうし、人物も描けるところを見せたいという思いもある。

では誰を描くのか。達磨《だるま》、布袋《ほてい》、寒山《かんざん》、拾得《じっとく》……。

唐絵でよく描かれる人物はそんなところだが、みなとおなじ人物を描いても面白くない。

「うーん」

さまざまな人物を思い浮かべてみたが、どれもぴんと来ない。

描く人物が決まらないうちに数日がすぎたので、約束どおり、能阿弥の屋敷に吉三をたずねていった。

「ああ、あれな。おう、きいたとも」

「どうでしたか」

「それがな、『力いっぱい無駄な工夫をしておる』と言われたな。その力み具合が面白い、とおおせであったぞ」

「無駄な工夫、力み具合……」

馬鹿にされているのか。

「いや、馬鹿にしているようではなかったな。近ごろ楽しみがふえたわ、ともおおせであったからな。そなたの人相もきかれたぞ。三十路《みそじ》に届くか届かぬかの、痩せて目の鋭い者、と申し上げておいたがな」

人相をきかれた、楽しみがふえた……。

よくわからないが、少なくとも、嫌われてはいないようだ。

不得要領のまま家にもどった。道すがら、

「無駄な工夫とか力みがあるということは、つまりは肩の力を抜け、ということか」

と能阿弥の言葉を理解した。

たしかにふたつの扇絵は、うまいところを見せようとして力んでいたのかもしれない。

「よし、つぎは力まずに描くか」

そう思うと、描くのにちょうどよい人物の顔も浮かんできた。力まずに描ける人物だ。

少々因縁もある。

通りを歩いている最中なのに、自分の思いつきについにんまりとしてしまった。

今度は絵の具を使わず、白地に墨だけで描いた。勾《こう》法、皴《しゅん》法、染《せん》法を駆使して陰影をつけ、扇から顔が浮き出てくるようにする。

さっそく吉三にとどけ、使ってくれるよう頼んだ。力まず描いてみた、という言葉も添えた。おそらく能阿弥の耳に入るだろう。どんな反応があるだろうか。

五

また数日したら吉三のもとへ行くつもりだったが、その必要はなかった。剃りあげた頭に、市井の者が着るような小袖と袴《はかま》という、同朋衆独特の姿をした者が、店をたずねてきたのだ。

対面した正信は緊張した。その同朋衆は正信とおなじ三十前後に見えたから、還暦をすぎているはずの能阿弥でないのは確かだったが、おろそかにできる客でないのは第一感でわかった。

「それがしは芸阿弥と称しております。能阿弥の息子でござる」

と言われて、正信は内心、震えた。ついに来たと思った。

「扇絵、父とともに拝見いたしました。腕前のほどに感じ入ってござる。とくに最後のものは、父ともどもとくと見入ったもので。よく似ておりまする」

と言って、芸阿弥は笑みを見せた。

人物画には、宗湛を描いたのだ。細い目と分厚い唇を強調し、ごつごつとした感じにするよう心がけたら、うまく描けた。

「それはそれは、もったいないお言葉で。つたない腕をお見せし、恥じ入っておりまする」

「なんの、ご謙遜《けんそん》を。宗湛どのにうかがったところ、少し前まで助手でおられたとか」

正信はこっくりとうなずいた。宗湛を描けば、おそらく連絡がゆくだろうとは勘定に入れてある。怪しげな者ではないと知ってもらう必要もあると思い、わざとしたことだった。

「牧谿、馬遠を超えると言って、やめられたそうな」

「いやいや、お恥ずかしい。つい大きなことを言ってしまいました」

「いやいや。ところで、今日まいったのは他でもない。ひとつ襖絵を描いていただきたくて、そのお願いに」

「はっ」

「と申しても、試しをうけていただかねばなりませぬがな。幾人かに下絵を出していただき、それを見て頼むお方を決めまする。宗湛どのが高倉第にかかりきりゆえ、別のお人に頼むもので」

聞いてみると、ある寺の会所をかざる襖絵だとか。公方さまも訪れる場所だから、襖にもそれなりの品格がほしいという。

「宗湛どののお弟子さんなら、襖絵を描いたこともおありのはず。そこがわかったので、安心しましてな。いずれは公方さまの御用をお願いするかもしれませぬので」

正信はうなずく。

「で、なにを描くのでしょうか」

「山水図を。ただし夏珪様《かけいよう》で。こなたからの要望はそれだけで、題材や構図などはそなたの方で決めてくだされ。期日はひと月後。よろしいかな」

「……わかりました」

芸阿弥が去ったあと、正信はほっと息をついた。努力が報われた、と思った。

依頼がきたから店の仕事はできない、しばらく店を閉じる、と妻に告げると、

「まあ、よろしいこと」

と喜んでくれた。ただ病は進むばかりで、顔色は土色になり、足はむくんで倍にもなっている。もう歩くのも大儀なようで、一日のほとんどを寝て過ごしていた。

貧乏所帯では医師に診せるなど考えられず、薬も買えない。自分は安い麦を食べ、妻には米を精白して白粥《しらかゆ》を食べさせてやるのが、正信にできる最大の看病だった。

その日から下書きにかかった。

峨々《がが》たる山嶺《さんれい》とその麓に建つ粗末な家、清流やそこで遊ぶ人々を描く山水図は、昔から水墨画の中心にあった。山中に閑居したいという果たせぬ願望を、せめて絵を眺めて満たそうという都人や文人がもとめるのである。

数日考えて、四面の襖を一枚の紙に見立て、大きな横長の構成にすると決めた。左下に近景となる川と林、屋敷を配し、対角線上の右上に岩山を描く。遠景となる岩山は墨

でぼかして描き、近景の林には薄く緑の絵の具をつかう。

寝る時間を削って描きあげた。夏珪様にと心がけたが、筆はどうしても自分が心地よいと思うほうへ流れ、ずいぶんと新しい工夫を入れることになった。

満足のゆく出来映えとなり、期日に能阿弥の屋敷にもちこんだ。これで仕事はもらった、と思った。

だが、数日後に出た結果は無残だった。

「こたびはいけませんでした」

店にきた芸阿弥が告げた。

「いけなかった……」

正信のうけた衝撃は大きかった。

あの下絵は、構図にしろ細部にしろ、自分のもつ技術のすべてをこめたものだった。いま、あれ以上のものは描けない。なのにあっさりと否定されてしまった。自信がこなごなに砕け、拠《よ》って立《た》つ場も失った心持ちだった。

「な、なにか悪いところでも。能阿弥どのは何とおおせでしたか」

とたずねたが、

「ただ、『また無駄なことをしておる』と言うておりますな」

と困った顔をされた。

「無駄とは、どういうことでしょうか」

正信がたずねると、芸阿弥はひと息おいてから答えた。

「わがまま、ということでしょうな」

正信は、思わず芸阿弥を見た。

「わがままって……」

絵を否定するのに、そんな理由があるのか。絵は、上手下手があるだけではないのか。

「絵師は主人をもちませぬな。だからまず自分が納得する出来映えとなるように描くものでしょう。ここの扇でも、みなそうです。だれに許しを乞うて出来上がりを決めたものでもない」

芸阿弥は言う。

「しかし公方さまの御用となると、そうはいきませぬ。自分が納得するかどうかは二の次で、まず公方さまのもとめに応じるのが肝要」

「うまく描ければ、公方さまも納得するのではありませぬか」

「それがわがままと言うのです」

芸阿弥は首をふる。

「夏珪様と言われれば、あくまで夏珪の絵に似せて描く。自分の創意工夫など入れてはなりませぬ。写し絵に徹するほどの心持ちで描く。それができねば、公方さまの御用はつとまりませぬ」

「どうして……」

「なぜなら公方さまがもとめておるのは、出来のよい絵ではないからです」

「まさか！　では、なにをもとめておられるので？」

「ただその場を荘厳《しょうごん》してくれる絵です。会所であれ仏間であれ、高貴に飾り立ててくれる絵。それには唐の有名な絵師の絵が一番ですが、それが無理だから、あたかも唐の絵師が描いたような絵がもとめられるのです」

「それじゃ自分の絵じゃない。描いてもつまらない」

「さよう。つまらぬ仕事です。腕に自信のある者には、つまらぬどころか屈辱でしょうな。その上、描いた絵に名前を記すことも印を捺すこともできませぬ」

たしかに公方さまの御用となると、絵師の名はどこにも記せない。

「宗湛さまはそれをいやがらずにやってのけるから、おぼえがめでたい。出来がいいから使われているわけではないのですよ」

「そんな……」

そうした唐絵独特の事情に正信もうすうす気づいてはいたが、もともと大和絵から出発しているせいか、あまり真剣に考えてはこなかった。

「御用絵師となれば、公方さまのお指図どおりに描かねばなりませぬ。おのれを殺さねばできぬ仕事です。その覚悟がおありになりますか。なければやめておいたほうがよろしゅうございます。町の扇屋なら、いくらでも思い通りに描けましょうぞ」

数日のあいだ、正信はふさぎ込んでしまい、何も手につかなかった。

思うように描けないのなら、絵師をやめようかとも考えた。だがやはり筆は捨てられない。子供のころから絵ばかり描いていたから、他にできることなど何もないのだ。

気がつけば蓄えもほとんど底をつき、米もなくなっていた。

「悪いな、これしかない」

と断って、妻に麦と芋の雑炊をすすめた。すると不思議なことに、その晩、妻は少し元気を取りもどしたように見えた。

「大丈夫だから、あまり心配せず絵を描いて」

と妻は言う。

正信はうなずいた。やはり自分は絵を描くしか能がないのだ。

明日からはまた描くことにしようと思う。しかしどう描けばいいのか。芸阿弥が言うように、唐国の大家の真似《まね》をすべきなのか。

踏ん切りがつかぬまま、その夜は眠りについた。

明け方、正信は夢を見た。

妻が微笑《ほほえ》んでいる。元気に井戸端で水くみをし、

「今宵《こよい》は鮎《あゆ》を焼いて食べましょう」

などと言っている。そういえば鮎など久しく食べていない。塩焼きにして蓼酢《たでず》をかければ、これほどうまいものはない。

満ち足りた心持ちになったところで、目が覚めた。

何か声がする。それも異様なうめき声だ。

はっとして上体を起こした。

声の主は妻だった。

体を海老《えび》のように折り、胸を押さえて苦しげにうめいているではないか。

「おい、どうした、どうした」

「く、くるしい……」

息ができないようだ。はあはあと胸を波打たせている姿が苦しげだ。

正面にまわった正信に腕を伸ばしてくる。その腕をにぎっておどろいていた。太くなっている。足だけでなく、腕までむくんでいるのだ。

「水を飲むか」

妻はちいさくうなずいた。茶碗《ちゃわん》に水をくみ、妻を抱き起こして飲ませてやったが、妻

は大半をこぼしてしまった。

「もう少し我慢しろ。朝になったら医師《くすし》を呼んでくるからな」

その前に銭を用意しなければならない。貸してくれそうな親戚もないから、画具を質入れして土倉《どそう》（現在の質屋）から借りるしかない……。

そう考えているあいだにも、妻の息づかいはますます苦しそうになってゆく。ひぃーっと吸う息の間合いが、だんだんと長くなってゆくのが恐ろしい。

正信は心が千々に乱れ、もうどうしていいのかわからない。

やがて痙攣《けいれん》がはじまった。妻の全身ががたがた震え、いつまでも止まらない。

「息が……、できない……」

「おい、しっかりしろ！」

正信は妻の体を抱え、ゆすった。もう返事はない。抱きしめて痙攣を抑え込もうとしたが、無駄だった。痙攣はつづいている。

そのまま半刻《はんとき》、一刻《いっとき》とすぎてゆく。

痙攣は徐々におさまっていったが、その分、妻の生気も消えていくようだった。だが正信にはどうすることもできない。

明るくなったときには、妻はもうぴくりとも動かなくなっていた。

「おい、返事をしろ。たのむ、答えてくれ！」

体をゆすり、ついで脈をさぐったが、どこにも触れない。

むくんだままの妻の体を夜具に横たえると、正信は枕元にへたりこんだ。

「ごめんよ、助けてやれなくて！」

絞り出すように言うと、涙があふれてきた。いままさに大切なものを失ったという思いが迫ってくる。胸の底に深く暗い穴があいたようだった。

妻のかたわらでひとり泣いた。

涙が止まったあとも惚《ほう》けたようにその場にすわりこんでいたが、そのうちに陽が高くなり、外もにぎやかになってきた。

正信は立ち上がり、つぶやいた。

「このままじゃ、だめだ……」

妻の死の向こうに、自分の行く末を見た気がしたのだ。

六

翌年四月。

正信は相国寺の塔頭《たっちゅう》のひとつである雲頂院《うんちょういん》にいた。

「ここに観音さまと羅漢《らかん》さんがほしい。開山《かいざん》さまおひとりではどうも寂しいと、前々から思うておった」

と開山塔《かいざんとう》の礼堂にあたる昭堂《しょうどう》の壁を指さすのは、季瓊真蘂《きけいしんずい》といって雲頂院の住持である。

壁の前には相国寺の開山（開創者）、夢窓疎石《むそうそせき》の木像がおかれている。

開山さまの木像には毎朝夕、雲頂院に属する僧たちが礼拝し、お灯明とお経があげられるが、板壁のみの背後が寂しく見えるので、壁に絵を吊《つる》したいという。

「かなり大きなものになりますね」

正信と季瓊真蘂のあいだに立つ芸阿弥が、両手を上下にひろげて言う。

「まず高さ五尺は下りますまいが、あまり下に伸びても見にくいでしょうから、高さ五尺五寸、幅二尺としてはいかがで。その掛け軸が一対、左右に下がることになりますか」

指で壁に大きさを描きながら、芸阿弥は季瓊真蘂と正信を交互に見る。

「絹地に色をつけるので、よろしいでしょうか。観音さまはすわったお姿で、羅漢さんは十六人を一枚におさめる図になりましょうか」

正信はふたりにたずねた。

「そうですね。そうしていただければ、わたくしが掛け軸にいたします」

「む、それでよかろう」

季瓊真蘂がうなずく。話はまとまり、三人は方丈にもどって梅湯《ばいとう》を馳走になった。

季瓊真蘂は、雲頂院の住持でありつつ、おなじ相国寺の塔頭、鹿苑院《ろくおんいん》の蔭凉軒主もかねていた。蔭凉軒主は公方さまの側にあって、全国の禅宗寺院の取り締まりをおこなう。つまり季瓊真蘂は公方さまの側近であり、全国の僧侶の任命権をにぎるという、大きな権力の持ち主なのである。同時に態度は尊大で、なおかつ吝嗇《りんしょく》だ、との評判もあった。

「ときに狩野どの、画料はいかほど」

と芸阿弥が、世間話のあいまに気を利かせて話をふってくれる。

そのとき正信は、なにか思い詰めたような顔で目を伏せていた。芸阿弥が「狩野どの、画料はいかに」と返事をうながすと、やっと気がついたというように目をあげ、それから大袈裟《おおげさ》に手をふった。

「滅相もない。とてものこと、いただけませぬ。かような場に腕をふるえることは絵師の冥加にて、その冥加をいただいた上に画料などは、とても」

「そうは言っても、狩野どのは絵で食べていらっしゃる。画料がなくては顎が干上がりましょう。少しでもいただいておかねば」

「いえいえ、本当に、お忘れくだされ。手前としてもかように大きな仕事は初めてゆえ、描かせていただくだけでありがたいこと。画料は、いりませぬ」

季瓊真蘂は、だまってふたりのやりとりを聞いている。

「またそんな遠慮を。狩野どのも頑固なお方だ。でも、絵に使う絹や絵の具の費えはいただかねば、描くに描けないでしょう」

「それは、やはり……」

「じゃあ、実際にかかった費えをいただくことにしては。絵の出来映えを見て、和尚《おしょう》さまは心付けを加える。それでいかがですか」

話は決まり、正信は芸阿弥とともに方丈を辞した。

「いよいよですね」

歩きながら、芸阿弥がにこやかに言う。

「狩野どのの絵が公方さまの身近に納まれば、なにしろ腕前では当代随一ですから、いずれ公方さまのお目にとまりましょう。そうなればお声がかかるのも遠くありません。もう少しの辛抱ですよ」

「いやあ、とてもとても」

と笑顔で否定し、正信は芸阿弥と別れた。

相国寺から自宅へもどる途中の通りには、相変わらず物乞いや浮浪児が目立つ。京の町はますます廃れてゆく気配だった。

だが自宅へ向かう正信の足取りは軽い。

――これでまた、極楽へ一歩近づいたな。

無力で貧乏な者は、思い通りの絵を描いていい気になっていても、妻の命さえ救えない。また飢饉が来れば、今度は自分が助からないだろう。

地獄の側にいてはだめだ。極楽の中へ。それが無理ならせめて極楽、つまり公方さまの周辺に近づきたい。さもないと絵を描くどころか、むなしく死んでゆくしかない。

昨年の秋に妻が死んだときに、正信はそう悟った。

とにかく公方さまとのかかわりで絵を描きたいと思った。

飢饉になっても公方さまの周辺にいれば、飢えることもない。なにしろ腰障子一間に銭二十万枚も投じるほど裕福なのだから。

公方さまに近づくためなら、どのような注文にも応じる。先達の真似でつまらぬ絵であっても、命じられるとおりに描く、と覚悟を決めた。

そこでまた扇絵を描き、吉三に扇をわたすところから始めた。絵は花鳥であれ山水であれ、夏珪様や馬遠様とはっきりわかるように描き分ける。そのうちに芸阿弥が声をかけてきて、直《じか》に絵を渡せるようになっていった。

絵の目利きである能阿弥、芸阿弥のところには、大名衆や寺院から襖絵や屏風絵の製作の相談がよせられる。いい絵師を紹介してくれ、というのだ。

正信は芸阿弥に紹介してもらい、大名衆の屏風絵をいくつか手がけた。それがいずれも好評だったので、今回の仕事につながったのである。芸阿弥の言う「わがまま」を捨てた結果だった。

今度の観音さまと羅漢さんも、誰かの絵を模した下絵を描いて、これでいいかと「お伺い」を提出することになるだろう。それはいいが……。

――さて、どうするかな。

正信は腕組みをした。

じつはひとつ、迷いを抱えていた。

雲頂院で話しあっているうちに、ある思いにとらわれてしまったのである。それは絵師としては危ない思いだった。

この思いを通せば独自の絵となる。また「わがまま」が出たと言われ、注文主の機嫌を損ねて、せっかくここまで築いた評判を失うかもしれない。絵師として生き残ることを優先するなら、やめたほうがいい。

とはいえ一度浮かんだ思いは強くて、なかなか揉《も》み消《け》せるものではない。それどころか、いまこの瞬間にも、描いてみたいという欲望が強くなってゆく。

――なんとかならないか……。

正信がとらわれた思いは、

――頼まれた観音図において、亡き妻を観音さまとして描く。

というものだった。

妻のつもりで描けば、魂のこもった観音図になるという気がするのだ。実際、あれは観音さまのような心根の女だったのだから。

それだけでなく、実現すれば妻は毎日、開山さまといっしょにありがたいお経をあげてもらえる。この上ない供養になるのはもちろんである。

画料は不要と言ったのは、別に季瓊和尚の威光をおそれたわけではなく、妻の供養をしてもらう上に画料までもらっては悪い、との思いが頭をよぎったためだ。あのえらそうな季瓊和尚も毎朝夕、妻に頭を下げることになるのだから。

あれこれと考えてゆくうちに、

――ならば誰かの観音図に似せながら、そこに妻の面影を忍び込ませればいい。

という結論に落ち着いた。

こちらの意図を気づかれずにやりおおせるだけの腕前が必要になるが、自分ならできるという自信はある。またこんなわがままなら、季瓊和尚はともかく、観音さまは許してくださるだろう。

万事うまくいきそうだと思う。

となると、さあ、どう描くか。

頭の中で観音図の下絵を思い描きながら、物乞いたちがたむろする通りを、正信は足早に歩いていった。

優曇華の花

一

比叡《ひえい》の山から吹き下ろす冷たい風が、京の町の中心を南北につらぬく室町小路《むろまちこうじ》を吹き抜けている。

酒屋に畳屋、扇屋などさまざまな店が軒をつらねる通りを、品物をひやかす人々や荷を担ぐ人、頭に壺《つぼ》をのせて子供の手を引く女などが行きかう。

数年前の大飢饉《だいききん》の際には鴨川の河原はもちろん、そこらの路傍に骨と皮ばかりの死体が転がっていたものだが、近ごろやっと天候が落ち着いて作柄がもどり、今年は食べ物もゆきわたって、町もにぎわいを取りもどしていた。

その室町小路の北端に、花の御所とよばれた将軍の住まい、室町第がある。土塀に囲まれた南北二町、東西一町の敷地に、大きな桧皮葺《ひわだぶき》の屋根が波のようにつらなっている。

室町第の主人である足利義政の正室、富子は、主殿奥にある自分の局《つぼね》で政所の役人を引見していた。

「また納銭が遅れたら今度こそ役目を解くと、納銭方《のうせんかた》一衆にさよう伝えなされ」

富子の横にすわった侍女が、廊下にひかえる役人に言う。役人は、

「は、たしかに伝えまする」

と言って叩頭《こうとう》し、背を見せぬようにして去っていった。

「まことに、舐《な》められたものじゃの」

富子はため息まじりに言い、小さな火鉢に手を差し出した。

「世間の金まわりが悪いなど、いいわけにもならぬことを、よくもしれしれと告げにくるものじゃ」

「役人は世にうといものと決まっておりまする。気をつけておらぬと、商人どもに骨抜きにされてお家の内証は火の車」

侍女が口に手をあてて言う。

将軍家の台所をあずかる政所《まんどころ》という役所には月に一度、洛中《らくちゆう》の土倉《どそう》から税が納められる。代表としてその納税をおこなうのが納銭方だが、世の乱れもあって必ずしも期日に納められなくなっていた。今月も遅れていたので、富子が督促したのである。

こうしたことは本来、将軍であり富子の夫である義政が仕切り、家来たちに命じるものだが、義政は酒宴や趣味の作庭に夢中で、わずらわしい家政には関わろうとしない。そのために富子がやらざるを得なくなっている。

「あっ」

富子は思わず声を出し、顔をしかめた。

「いかがなされた」

侍女が心配そうに声をかける。

「いや、大事ない。お腹の子が蹴ったのじゃ」

浅葱《あさぎ》の地に萩《はぎ》の花を散らした小袖を破るばかりに突き出た腹をさすりながら、富子は微笑《ほほえ》んだ。臨月《りんげつ》を迎えているのだ。

「元気のよいお子でありますこと。さだめてこたびは……」

そこまで言って侍女は口ごもった。

「こたびは何と申すのじゃ」

富子に言われて、侍女は声を落とした。

「……さだめて、若君でありましょう」

富子は寂しげな笑みをうかべた。

将軍家に嫁いで十年ほど。子を孕《はら》んだのはこれで三度目になる。

最初の子は生まれてすぐに死んでしまった。そのために将軍家では醜い騒動がもちあがったのだが、いまとなっては思い出したくもない。二人目の子は女児で、こちらはすくすくと育っている。

正室の産んだ男児となれば、すなわち次代の将軍である。望まれているのはわかっているが、これぱかりはどうしようもない。

　義政には幾人かの側室もいて子も生まれているが、みな女児ばかりである。それだけに世間も将軍家に男児は生まれないものと決めつけており、今度も女児にちがいないとのうわさが広まっていた。

「まことに口惜しいこと。あと一年、早ければ……」

　そう言ってから、富子の視線に気づいて侍女は口を押さえた。

「あと一年早ければ、なんとしたのじゃ」

「あ、その……。上様が喜ばれると……」

「いま生まれると、上様は喜ばないのかえ」

　富子の声が鋭くなる。侍女は顔を伏せた。

「申し上げまする」

　そこに若い侍女が顔をのぞかせた。

「なんじゃ」

「上様、お成りにござりまする」

　富子は口をつぐみ、侍女は目を室内の隅々に走らせた。手あぶりの火鉢をもうひとつもって来ようかと考えているようだ。

「かまわぬ。すぐにお入りいただくよう」

富子の指示で、頭を丸めた同朋衆《どうぼうしゅう》ひとりに先導され、明るい茶色の素襖袴《すおうばかま》をまとった義政が廊下を渡ってきた。

「なに、そのままそのまま。楽にしてよい。これより仁和寺《にんなじ》にまいるが、その前にちとようすを見にきただけでの」

義政は、深々と礼をする富子に声をかけた。細面の青白い顔に赤く濁った目をしている。おそらく昨夜《ゆうべ》もどこかの大名邸で深酒をして帰宅し、陽《ひ》が高くなるまで寝ていたのだろう。

「お腹《なか》の子はどうかな。障りはないと聞いてはおるが」

この半月ほど、富子の局にはお渡りがなかった。夜はほかの側室のところへ行っているのだろうが、わざわざ昼間に顔を見せるとは、なんだろうか。

「もったいのうござりまする。この上ないほど落ち着いておりますれば、ご心配にはおよびませぬ」

「ふむ。それは重畳《ちょうじょう》。そなたの顔色もよいようで、なによりだの」

たしかに富子の体調はよい。食が進んで、顎のすっきりした顔の輪郭がいくらか丸くなったほどだった。

「あと半月ほどか。ずいぶんとせり出しておるな」

義政の視線が富子の腹にそそがれる。富子は隠しもせず、誇らしげな顔でなでさすって見せた。

「ま、息災ならば言うこともない。冷えぬようにいたせ。ところで」

義政は目をそらすと、声をひそめた。

「もし赤子が男であれば、わかっておるだろうな」

はっとして、富子は義政を見上げた。

「すでに堅く約束をしておる。破るわけにはいかぬ。そなたにも覚悟してもらわぬとな」

「…………」

「ま、まずさようなことはあるまいと思うがな。無用な心配はせぬがよいかもしれぬ」

それだけ言って、義政は踵《きびす》を返した。

「お待ちくだされ」

よく響く富子の声に、義政は足をとめてふり返った。

「どうしても……、どうしても寺に入れるのでしょうか」

富子は義政の目を見据えて問うた。

「無論だ。知れておる。それが赤子のためでもある。従わぬと、家中どころか天下の争いを呼ぶぞ。赤子も安気にしてはおれぬぞ」

少し前に、義政は弟のひとりと異様な約束をしていた。

弟は僧になっている。足利家では生まれた子のうち、将軍位を継ぐ嫡男のみを残して、あとはみな世を捨てて僧門に入る決まりになっていた。なまじ世間に残っていると、将軍位をめぐって争いが起こるとの配慮からだ。

だが十四歳で将軍になった義政は、三十を前にして将軍の座にあきてしまった。隠居したいと思ったが、跡取りの男児はいない。そこで弟に位を譲って隠居しようとした。ところが話をもちかけられた弟はうんと言わない。義政がその若さで隠居しても、まだまだ男児ができるかもしれない。そうなったら後継者争いが起きるのは必定であり、はしごを外されて居場所がなくなるのではと危惧したようだ。

そこで義政は弟に、今後たとえ男児ができても寺に入れて将軍にはしないと約束したのである。それではじめて弟は納得し、将軍になる決意をした。すでに還俗《げんぞく》して足利義《よし》視《み》と名乗り、屋敷も今出川《いまでがわ》にかまえ、政務を引き継ごうとしている。

「でも……、お家の長男に生まれて寺に入るとは、おかしゅうござりましょう」

富子は言った。いや、お腹の子が言わせたように思えた。

「なに？　そなた、逆らうのか」

「…………」

「ええい、ここな慮外者が！　女の身でまつりごとに口を出すとは、僭越《せんえつ》の沙汰ぞ！」

叫んだ義政は、唇をふるわせて富子をにらみつける。だが富子はひるまない。

「将軍家の正室の長男として生まれて寺に入った者の話など、いままで聞いたことがありませぬ。上様は先例をおつくりになるおつもりでしょうか」

冷静に言い返されて、義政の目がつりあがった。

「えい、小賢《こざか》しい物言いをしおって！　土倉どもを相手にするうちに増長したか。女はだまって言うことを聞けばよい！」

「いいえ、だまりませぬ。おかしなことはおかしいと申しまする。さもなくば、上様とて世間の嘲りをうけましょう。そうなれば御所もこの世も終わりでござりまする」

義政は口をあけたまま言葉を失った。

「お約束は聞いておりまするが、家の長男の重みとどちらが大切か、よくよくお考えになるがよろしゅうござりましょう」

それだけ言って、富子は義政の返答を待つ姿勢になる。義政は立ったまま目を細かく動かしていたが、やがて醒《さ》めた顔になり、目をそらした。

「かなわぬな」

ひとつ首をふると、富子に対して半身になり、つぶやくように言う。

「家が心配と申すが、これしきで家は潰れぬ。長男が家を継げぬことなど、世にいくらもあることぞ。世間もわかっておる。そなたの考えることなど、みな透けて見えるわい。おのれが腹を痛めて産む子がかわいいのはわかるがな、あまり欲張らぬことよ」

そして唇をゆがめ、ちらと富子に目をくれると、突き刺すように言った。

「長男と申すが、さて誰の長男やら。世間ではいろいろ言いはやしておるようではないか。わが耳に入っておらぬと思うか」

言い終わるや、義政は廊下を足音高く歩き去ってゆく。

「ま、なんと。いかに上様とはいえ、あまりなお言葉……」

侍女がうろたえて声をあげる。

富子は衝撃を受けて動けず、だまったまま虚空に目を泳がせていた。

——誰の長男やらと世間が……、言いはやしておると。

義政は、それで赤子を寺に入れるつもりなのか。ただ弟との約束というだけでなく、そのために……。

なんと馬鹿げた話だろうか。そして富子にとって、これほどの屈辱があるだろうか。

顔が熱くなり、高鳴る胸の鼓動が頭にまで響いてくる。

——あのときのことを言っているのか。でもあれは……。

富子の頭の中には義政の言葉と当時の出来事とが交互にうかんできて、ぐるぐると回りつづけていた。

二

その夜は戌《いぬ》の刻（午後八時）をすぎてから北風が強くなり、局の蔀戸《しとみど》が時おりかたかたと鳴った。

なまじ敷地も建物も広いだけに、室町第は夜になると人気の少ない不気味な屋敷と化す。実際、数年前まではもののけが出ると恐れられ、誰も住まなかったものだ。庭造りの好きな義政が庭と建物に手を入れて、ようやく住めるようになったのである。

富子は夜具に体を横たえながら、闇の中で目をあけていた。

胸の鼓動は夜になっても鎮まらず、顔もほてって眠れるものではない。

――肝心なのは、うしろ楯《だて》。

熱く回りつづける頭に浮かぶのは、有力な大名たちの顔、顔、顔だ。

もしも男の子が生まれたら、すぐに有力な大名を後見人にと頼む。そうすれば義政も、赤子を寺に入れるためにはまず後見人を納得させなければならなくなる。

生まれたときから御輿《みこし》に乗るばかりで人との折衝などろくにしたことのない義政が、後見人を説得できるはずがない。うまくいけばそのまま赤子は将軍家を継ぐだろうし、まずくとも時間稼ぎにはなる。

そうしているうちに義政の弟、義視の運命がどうなるか、わかったものではない。なにしろこの御所の内も外も、権力からしたたる肉汁をもとめて魑魅魍魎《ちみもうりょう》が歩き回っている。弱みを見せればたちまち餌食になるだろう。

――誰？　頼りになるのは……。

力があり、むずかしい問題をものともしない策士で、しかも難局にあたってもくじけない気力の持ち主は、どこにいるのか。頼り甲斐《がい》があり、なおかつこちらの言うことを聞いてくれる者は。

幾人かが思い浮かぶ。

有力というなら管領《かんれい》の三家か、もしくは侍所頭人《さむらいどころとうにん》をつとめる四家となる。しかし管領三家のうち細川家は義視のうしろ楯となっているから駄目だ。畠山家はお家騒動の最中だし、斯波家も家中が治まらず、いまや力をなくしている。おなじく侍所をつとめる赤松、一色、京極の三家もさまざまな理由で衰微して頼りにならない。

兄とも相談しなければならない。兄の日野勝光は口達者で、押しの強いことでは誰にもひけをとらない。もちろん協力してくれるだろうが、義政にこう言われたと兄に打ち明ければ、遠慮を知らぬ兄はたずねてくるだろう。

腹の子は、本当に義政の子かと。

富子は小さく頭をふる。

わらわのせいではない！

そもそも国政をみるどころか、一家を保つことすらできない義政が悪いのだ。

――あの人は嫁いだときとまったく変わっていない。変わったのは年をとったことだけ！

やりきれない。義政をさげすむ気持ちが湧いてくる。

富子が義政のもとへ嫁いだのは十六歳のときで、右も左もわからない小娘だった。義政はそのころ二十歳だったが、十四歳から将軍になったためか、すでに政務に飽きて身が入らなくなっており、酒宴と、清遊と称する寺社詣《まい》り、それに趣味の唐物《からもの》鑑賞や庭造りで日々を送っていた。日ごろは今参局という乳母のいいなりで、政務すら左右されていた。

将軍の政務というのは、大半が大名や寺社のあいだに起こる領地争いを裁くことである。ほかには守護職や幕府の役職、禅寺の住持の任命などの人事もあるが、いずれにせよ実務は引付衆《ひきつけしゆう》という吏僚がおこない、それを評定衆《ひようじようしゆう》という大名の会議で決裁して、将軍の承認をあおぐ形になっていた。

義政の仕事は、あがってきた書状に承認の花押を書くことだけだが、気に入らなければ書状を突き返すこともできる。突き返されて困るのは、引付衆と評定衆である。

今参局や烏丸資任などの側近たちは、親しく話ができる立場を利して義政にあれこれと吹き込んだり、引付衆や評定衆に判決や人事の書きようを指図したりしていた。

当然、人々は今参局や側近衆に賄賂をおくり、自分に有利な判決が出るよう願うようになる。

今参局たちのやりたい放題を苦い顔で見ていたのが義政の実母、富子にとっては姑《しゅうとめ》にあたる重子で、今参局のやり口があまりにひどいときは、道理にもとづいて判断するよう義政をいさめ、時には怒って身を隠して義政をあわてさせるなどして対抗した。

その重子も今参局も、いまはいない。

今参局は、富子がはじめて産んだ子が生後すぐに死んだとき、呪いをかけたとされて義政の怒りをかい、その咎《とが》で流罪になる道中で死んだ。刺客に殺された——政敵はいくらもいたから不思議ではない——とも、みずから切腹したとも伝わっている。

その四年後に重子が病で亡くなった。

そうなると、今参局や姑の重子が果たしていた役目が、富子と兄の日野勝光に回ってきた。大名たちから要望を聞き、義政にその意向を吹き込むようになったのである。

自然、富子の許《もと》へ礼金が流れ込んでくる。

一方で政所の蔵入りもみるようになって、一時でもあまった金があれば貸付にまわして利銭をかせぐこともおぼえた。月に五文子《ごもんし》（五分）、六文子といった利銭でも、一年も貸せば倍近くになって返ってくる。出所が将軍家とわかっているから、貸し金を踏み倒す者もいない。

いまや富子は足利家の家政をみるだけでなく、せっせと自分の金を増やすことにつとめていた。悪いこととは思わない。なににつけても金は必要になる。

この局で使う侍女や上﨟《じょうろう》たちも、大名たちからの礼金や貸付で増やした金で養っている。去年、糺河原《ただすがわら》でおこなわれた勧進猿楽《かんじんさるがく》に五十人の侍女をつれてゆき、興行に華をそえるとともに将軍家の面目をほどこしたが、金貸しで増やした金がなければとてもできなかった。義政の周囲にいる同朋衆たちも幾人かは養ってやっている。

つまり義政が気楽に遊んでいられるのは、富子が稼ぐ利銭のおかげなのだ。なのに義政は富子の心を平気で踏みにじっている。

だが正室とはいえ女の立場は弱い。表だってはなにもできない。

側室も何人かいる。富子は正室でありながら義政の夜のお渡りを待ち、時には側室と妍《けん》を競わねばならないのである。

——あのときも……。

今年春のことだ。義政が南禅寺《なんぜんじ》の北にある花頂山《かちょうざん》で花見の宴をひらくと言いだした。諸大名はもちろん、内裏《だいり》や公家も招いてにぎやかにやりたいと言う。

だが大がかりになればなるほど費用がかかる。ただでさえ細っている政所の収入でまかなえるとは思えない。

「政所は火の車でござりまする。さらなる費えには堪えられませぬ」

と富子は止めたのだが、

「なに、足りなければ段銭《たんせん》か棟別銭《むねべつせん》をかければよかろう」

義政はこともなげに言う。花見のために増税するというのだが、現実にそんなことはできない。富子の金をあてにしているのは明白だった。

聞く耳を持たない義政に対して富子にできることは、具合が悪くなったので里に帰らせていただくと告げて、室町第を出ることだけである。

実際に数日、実家で暮らした。そして退屈しのぎに、内裏で女官として暮らしている叔母のところにも顔を出した。

将軍の正室が内裏を訪れるとなれば、供回りをととのえて献上品も見つくろわねばならず、大変な手間になってしまう。だがこのときは身分を隠し、ただ女官の姪《めい》として若い上﨟の兼子《かねこ》ひとりを供に、裏門からこっそり入るという気楽な方法を選んだ。

年齢が近いこともあって、叔母とは話が弾んだ。夜更けまで話し合っていると、退屈した兼子が宿直《とのい》の公家たちのところへ出向き——兼子も公家の花山院《かざんいん》家の出で、身内が宿直していたのだ——、そこから主上《しゆしよう》にも富子の訪問が伝わってしまった。そうなると挨拶しないわけにはいかない。夜更けに叔母とともに清涼殿《せいりようでん》へと出向いた。

主上は半年ほど前に践祚《せんそ》された。二十歳を少し出たばかりである。将軍家の暮らしぶりに興味を示され、いろいろとご下問をうけた。夜でもあり、どうせ内々だからと御簾を出られ、公家や兼子もまじえて車座になる。御酒もいただき、さらに話がはずんだ。御簾《みす》御酒がまわって顔を赤くし、いい気分になって気がつくと、公家たちは座をはずして
おり、富子と兼子のほかは主上しかいなかった。

あとのことは、思い出したくもない。

――うわさの出所は、あのときの公家たちにちがいない。

思い出すと気が高ぶって、さらに眠れなくなった。

静かに起きあがり、上に打掛をはおると、月明かりをもとめて戸をあけた。

肌を削るような寒風が吹き込んでくる。あわてて戸を閉めたが、体がいっぺんに冷えた。

そのときだった。

みしり、と音がした。

はっとして音がしたほうを振りむいた。

みしり、みしりと、暗闇の中で廊下がきしむ異様な音がつづく。

足音か。

屋敷内には宿直の武者がいて、夜回りもしているが、こちらの局には近づかないようになっているはずだ。

「誰？」

声が震える。答えはない。なおも足音は近づいてくる。

——もしや……、もののけ？

うわさを思い出した。この屋敷には、将軍に遊ばれて捨てられ、世をはかなんで死んだ侍女や、権力争いに負けて恨みをのんで死んだ者の霊が、成仏せぬままにただよっていたという。屋敷が改築されても、まださまよっているのか。

「誰？　名を名乗りなされ」

声が高くなった。それでも答えはない。

足音は、なおも迫ってくる。

寒いのに、背にぞわっと汗が噴き出てきた。

もののけに取りつかれたら頭がおかしくなって、わけのわからぬことを口走りつつ衰弱してゆき、果てには死ぬ。あるいは体はそのままでも心を乗っ取られ、自分が自分ではなくなるという。そんな目には遭いたくない。

「南無阿弥陀仏《なむあみだぶつ》。成仏しなされ。なむあみだぶつっ」

目を閉じて一心に念じた。すると足音は次第に小さくなり、ついには聞こえなくなった。

もののけは、案外手もかからず退散したようだ。

考えてみれば、人生の敗者となって恨みをのんで死んだから、もののけになるしかなかったのだ。所詮、弱い者ではないか。将軍の正妻たる者が、そんな者に負けてたまるか。

安堵《あんど》して目をあけた途端、あっと息をのんだ。

目の前に鈍い光の輪があり、その中に女がいた。

白い小袖が破れて肩が見えている。長い髪は乱れ、目は吊《つ》り上がり、額には角のようなものが生えていた。そして生気のない目がこちらを見ている。今参局ではないか。

富子は、我も忘れて叫んでいた。

今参局のもののけが両手を広げて迫ってくる。逃げたいが足が動かない。

生臭いにおいとともに、もののけがのしかかってきた。

三

寛正《かんしょう》六（一四六五）年十一月二十三日。

早朝の産屋《うぶや》で天井から下がる綱につかまりながら、自分の足のあいだからあがる泣き声を聞いて、富子は男児が生まれたと知った。

「男児か。ふむ。でかしたな」

義政が駆けつけてきて声をかけたとき、大役を果たした富子はぐったりとしていたが、横に寝る赤子のしわくちゃの顔を見やりながら、義政に微笑んでみせた。

義政も笑顔を返してきたが、本心かどうかはわからない。まことにわが子かという疑いを解いていないのは、むずかしい顔でじっと赤子を見詰めていた時間のほうが、笑顔でいた時よりはるかに長かったことでわかる。

将軍家に跡取りが生まれたといううわさは、すぐに洛中にひろまった。翌日から義政の心中などおかまいなく、大名衆や公家衆らからの祝賀の使者がひっきりなしに室町第をおとずれ、祝いの言葉と品をおいていった。

桑の弓で蓬《よもぎ》の茎《くき》の矢を四方に射て将来を祝ったあと、赤子は乳父《めのと》となる政所執事、伊《い》勢《せ》貞親《さだちか》にひきとられていった。

「さて、強きお方をうしろ楯に頼まぬとな」

さいわい産後の肥立ちもよくて五日もせぬうちにふだんの暮らしにもどった。富子はその日、御殿のひと間で兄の日野勝光と対面していた。

勝光は長い鬚《ひげ》をしごいて話す。若いうちから肥えていて、顎の下にも肉がついている。従一位権大納言という重職にあるが、それも将軍正室の兄という立場だからだ。

「上様は今出川どのに、男児が生まれても襁褓《むつき》のうちから寺に入れて法体《ほったい》にすると誓われたそうじゃの。早めに手を打たねば、寺に入れられてからでは遅い」

その言葉に富子はうなずく。今出川どのとは、今出川の屋敷に住む次期将軍、足利義視のことである。

「強きお方と言うても、管領の細川どのはすでに今出川どのを後見なされておるでな、こちらの目はない。あとはどの家もこの家も内紛を抱えておって、身動きがとれん。中で一番よさそうなのは、山名どのかの」

勝光は楽しそうに諸大名の品定めをする。山名家は侍所頭人を出す家のひとつで、管領三家より家格は低いが、いまは宗全《そうぜん》という老人が家中をまとめており、力があるという。

「山名どのも断るはずがあるまい。細川どのが今出川どのの後見人になったのを見て、あせっておろうからな。とはいえ、すぐには無理かな」

生まれてすぐの赤子が無事に育つかどうかを見定めてからでないと、誰も味方にならないだろうと言う。

「ま、まかせておけ。いずれ話してみよう。それより、汝《なんじ》は汝でやることがあろう」

富子はうなずいた。もちろんわかっている。

「さればそちらはまかせた。無論、われらも上様に考えを変えるよう、陰に陽に申し上げるがな」

親切そうに言う勝光だが、兄といっても頼り切りになるわけにはいかない。

勝光は、すでに義視にも手を打っていた。妹を――富子にとっても妹だが――義視の嫁に入れているのだ。義政が隠居して義視が将軍になっても、勝光の地位はゆらがない。義視のほうが勝光にいい条件、たとえば内大臣のような地位に推薦するなど言い出せば、かえって義視を押すほうに回りかねない。

やきもきするうちに年があけ、桜が散った。

赤子は乳母の乳をよく飲んだ。首がすわり、あやすと笑うなどすくすくと育っている。その姿を見るたびに富子は誇らしく思い、胸は心地よい春風で満たされる。

――優曇華《うどんげ》の花を得たような心持ちとは、このことだろうか。

仏典によれば、優曇華の花は三千年に一度だけ咲き、そのときには世に如来があらわれ出るという。

しかし、いつまでも幸福の中にひたってはいられない。容易ならぬ話が伝わってきた。義視の妻である妹が妊娠したというのだ。

義政の周辺では、約束どおり義視に将軍を継がせ、こちらの赤子が元服したあかつきには義視が将軍職をゆずるという妥協案も取り沙汰されていた。だが義視にもし男児が生まれたら、義視はその子に将軍職を継がせようとするだろう。約束など守られるはずがない。

もう待ってはいられない。

富子はみずから山名家の長者である宗全入道に、わが子の後見をしてほしいと頼む書状を出した。

数日して宗全から「ご内書のおもむき、畏《かしこ》まり承り候」との返書がきた。これでうしろ楯はできた。あとは義政を説得するだけだ。といっても正面から話をしても信じてもらえるかどうか。

——いや、話すしかない。

話せば、きっとわかってくれる。

局にお渡りがあった夜、富子はいつもより着飾った上で酒も選《よ》りすぐりのものを出し、義政をいい気分にさせるようつとめた。そしてほろ酔いの義政の前に、若い上臈のひとりを召し出した。

「花山院家より奉公にあがっております、兼子と申しまする」

手をついて挨拶する兼子は、二十歳をすぎているとはいえ、鼻筋がとおってととのった顔立ちに愛嬌《あいきよう》もあり、色香も十分にそなわっている。

そのとなりに富子もすわった。ふたりならんで義政に対する。

「なんの座興かな」

義政は盃《さかずき》を手におもしろそうに見ている。

「上様ならば、どちらをお選びになりましょうか」

「ん？　どういうことだ」

「ふたりのうち、どちらを今宵《こよい》のお相手に選びましょうか」

「ほう、これは一興」

義政の赤い目がやに下がる。

「いずれおとらぬ名花のうち、ひとつ選べと申すか」

「ええ」

富子は微笑み、義政は呵々《かか》と笑った。

「よせ。たわむれもよい加減にいたせ。わが心根をためそうとしてもそうはいかぬ。今宵はそなたの局に来たのだぞ」

「あれうれしや。上様の情け深いお言葉、心にしみてござりまする。でも」

おどけてみせた富子はそこで言葉を切り、義政の目をじっとのぞき込み、言った。

「でもあの夜、主上は兼子を選びましてござりまする」

義政はぽかんとした顔になった。富子の言葉の意味がわからないようだ。

富子は、御所を出て母の家で暮らしていたときに内裏を訪れたこと、そして夜更けに酒宴となり、兼子と富子、それに主上だけが残されたことを語った。

「御酒をいただき、酔っておりましたゆえ、それはいい気持ちで、前後の見境もつかずにおりました。もしお誘いがあれば、どうなったかわかりませぬ。なにしろお言葉に逆らうなど考えられもせぬお方ゆえ」

　まじめな顔でそう言い、義政の目がくるくると動くのを楽しんだ。

「けれど、お誘いはありませなんだ。この兼子をお気に召したようで、お言葉をかけられて奥へと誘われ、わらわはひとり残されてござりまする。よって、若君が主上の子であるはずがござりませぬ」

　これは天に誓ってまことである。義政は目を大きく見開いた。そしてほうとため息をつき、盃をあおった。

「ふん。つまらぬことを」

「今出川どのに将軍位をお譲りになる件、考え直していただけましょうか」

「ああ、そのことか」

　義政の顔は、もう醒めている。

「あの子をそれほど将軍にしたいか」

「無論でござりまする。世を知らぬうちから髪を剃《そ》り墨染めの衣を着せるなど、かわいそうでなりませぬ。あの子は上様の実の子、将軍になって当然でござりましょう」

「なるほど。さもあろうな。わしも近ごろ赤子の目鼻立ちを見て、うわさはうわさに過ぎぬと思うてはおった」

「では！」

「あわてるな」

義政は盃を突き出す。富子は酒を満たした。

「すぐにとはゆかぬ。近ごろ今出川は今出川で、近づく大名どももあり、力をつけてきておるでな。慎重にことを運ばねばな」

それを聞いて、富子はほっとして力が抜けるのを感じた。

義政はそんな富子を見て、苦笑している。

「それにしても、そなたがうらやましいわい」

「え?」

「いや、うらやましいことよ。母は強いと申すが、つまりは自分の身を賭けられるものがあるゆえ、強いのだろうな。わしにはさようなものはないでの」

「上様の肩には、天下の行く末がかかっておりまする」

「なにが天下か。そんなもの誰かにくれてやりたいわ。将軍なんぞ、ちいともよいものではないぞ」

義政は目を畳に落とした。表情が一変し、顔色の悪さと目の下の隈《くま》が目立つ。畳にぺたりとすわってうなだれた姿は、疲れきって眠たげな犬の子のように見えた。

——ああ、この人は……。

富子は気づいた。義政は駄目な人間ではない。十分に聡明《そうめい》で何もかもわかっているのだ。

　いまの世で将軍ができることは知れている。寺社や公家が所領を武家に押領されたと訴えてきても、一片の書状を出すことしかできず、万民が飢饉で困窮しても打つ手がない。なにしろ幕府の所領は少ないので、年貢のあがりが少なく、いつも手許《てもと》は不如意、兵を出すことも困難なのだ。

　統治の頂点にありながら、統治などできないのが将軍というものである。

　義政はなまじ聡明なだけに自責の念に耐えられず、心がすさむのだ。

　十年以上もつれそっていながら、将軍という地位のむなしさ、危うさの本当のところが、自分はわかっていなかった。

　そこまで考えて、つぎの瞬間にぞっとした。

　――では、わが子はどうなる。

　もしかするといま自分はわが子を、せっかく得た優曇華の花を、地獄に投げ込もうとしているのではないか。一見華やかでありながら、実は人をむしばむ将軍位という地獄に。

　それくらいなら、いっそ仏門に入れた方がまだしも本人のためではないのか。

　だが、と反対の考えもうかぶ。

　人々の注目と賞賛を浴びる将軍という地位は、魅力にあふれている。その母となれば自分も栄誉に包まれる。わが子が地獄に耐えられる力さえあれば、悪いことは何ひとつないのだ。それを坊主にするなど……。

富子は、今度は愕然《がくぜん》とした。どうしても将軍の母になりたいと思っている自分に気づいたのだ。わが子の生涯より、将軍の母という地位が魅力的に思える。それは抗《あらが》いがたいほど強い誘惑だった。

——なんと自分は薄情な女なのか！

呆《あき》れた途端に、今参局のもののけに襲われた夜のことを思い出した。

あのとき、もののけがこの身にのしかかってきたが、そのあとは別に何も起こらなかった。朝にはちゃんと寝床で目覚めたのだ。

だから悪い夢を見ていたのだと思っていたが、実はあの夜、もののけに取りつかれてしまったのではないか。

だから平然と、わが子を犠牲にする考えを抱いていられるのでは……。

胸の奥底で何かが蠢《うごめ》くのを感じ、富子はその場を動けなくなった。

美しかりし粧いの、今は

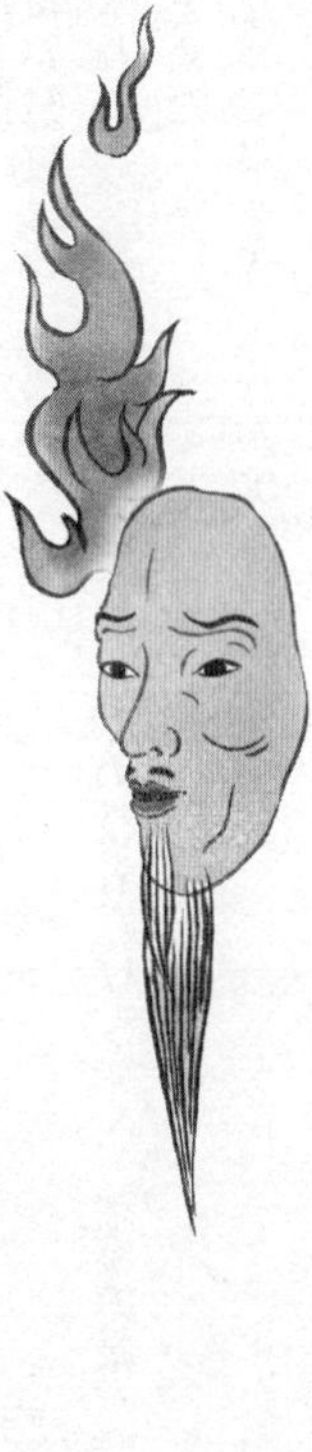

一

「ええい、やめ、やめい！」

音阿弥《おんあみ》の声が鏡板《かがみいた》にひびく。

声に圧倒されたか、舞台上にいたシテ、ワキの役者だけでなく、謡座《うたいざ》の衆、囃子方《はやしかた》までも動きをとめた。

「まったくなっておらん。それが実方中将《さねかたちゅうじょう》か！」

音阿弥はシテを叱りつける。

「実方中将はただの老人ではない。若かりしころは美男ぶりで内裏《だいり》の若女房たちに騒がれ、優美な舞で都をわかせた。そんな男のなれの果てじゃ。身の屈《かが》めよう、手の出しようひとつにも雅やかさと、枯れてなお消えぬ品がなくてはならぬ。そなたの所作にそれがあるのか」

問われても、ワキの西行法師《さいぎょうほうし》と向き合っているシテはぴくりとも動かない。

来月、奈良の興福寺《こうふくじ》で勧進猿楽を興行するため、音阿弥の観世座《かんぜざ》はこのところ毎日、洛北《らくほく》の稽古場で申合せ稽古をおこなっていた。

一日で七番の能を演じる予定だが、中でも呼び物はこの「実方」である。

奥州を旅する西行法師が、野末《のずえ》に実方中将の塚を見つけた。歌を詠んでいると老人があらわれ、新古今集の話をしたあと、賀茂《かも》の祭りの「臨時の舞」を、我が役ゆえ舞わねばならぬと告げて去る。その老人は実方中将の亡霊だった、という曲である。

音阿弥の嫡男、又三郎《またさぶろう》がシテとして実方中将をつとめているのだが、申合せなので面も衣装もつけずに臨んでいた。そのため又三郎の表情がだんだんと険しくなってゆくのがわかる。

「だからこの曲はむずかしいと言うたのじゃ。やるなら相当な覚悟がいるとな。ほかの曲とおなじに考えておってはできぬぞ」

唐突に「いよおっ」とかけ声がかかり、カンと大鼓《おおかわ》が鳴った。

「兄者、それくらいにしておけ」

弟の小七郎《こしちろう》である。若いころから音阿弥のワキをつとめることが多かったが、今日は囃子方で大鼓を打っていた。

「兄者から見れば不出来でも、われらの目にはまずまずと映っておる。初めての役にしてはようやっておると思うぞ」

音阿弥は首をふった。

「まずまずではいかんのじゃ。初めての役ゆえこの程度でござる、といいわけをするつもりか。観世座の舞台を見る人に感銘を与えねば、来年はほかの座に替えられるぞ」

「観世座を凌駕《りょうが》する座などあるものか。兄者は心配しすぎじゃ」

「なにを言う。そなたこそ世を甘く見ておる」

「まあまあ」

謡座にすわる息子のひとり、八郎《はちろう》が割って入った。

「父上の心配はもっともなれど、いまはみながあつまっての申合せゆえ、直すところを胸にとどめておいて、まずは最後まで通してやってみたらいかがでしょうかの」

囃子方、謡座の衆もあつまっての稽古はそうそうできないから、八郎の言うことには一理ある。

みなに言われて、音阿弥はだまった。不本意だがつづけるならつづけてもよい、という思いだった。

そのとき、だん、と大きな音がした。

又三郎が床を強く踏んだのだ。

「えい、やめじゃ、やめじゃ」

又三郎はそう言うともっていた扇を床に叩《たた》きつけ、大股で稽古場から立ち去っていった。

シテが去ったあとの舞台に残った者たちの物憂そうな視線が、音阿弥にそそがれた。

「そりゃそうでしょう。満座の中で面目を失ったのだから、座長としていたたまれないでしょう」

夕餉《ゆうげ》のあとで妻の芳春《ほうしゅん》が諭すように言うが、音阿弥は納得できない。

「芸の道に面目もなにもあるか。下手は下手、拙《つたな》い芸は拙い芸じゃ。あらためるべきはあらためぬと、いつまでたってもうまくならん」

「それはそうでしょうが、あの子の苦労も考えてやってくださいな」

又三郎は三十過ぎで観世座の長という地位にあるが、母である芳春にとってはかわいい子のひとりに過ぎない。

「一座をまとめてゆかねばならない身で、興行の打ち合わせも多くて稽古ばかりしていられぬのは、わかっておいででしょう」

「わしは、それでも稽古したぞ」

音阿弥はうんざりしつつ言い返す。

長として座を運営する苦労は、身にしみてわかっている。音阿弥自身も八年前に六十歳を一期に出家し、又三郎に長の座をゆずったが、それまで何十年と座の長、観世大夫《だゆう》をつとめてきた。

観世座は大所帯である。今日稽古にあつまった者だけでも十数人にのぼる。謡座や囃子方に家族も加えれば百人をゆうに超える人数を、長は食わせていかねばならない。

神社や大きな寺の楽頭職《がくとうしき》をつとめてもらえる手当もあるが、観世座の収入の多くは猿楽の興行から得ている。寺社の境内や河原の舞台で猿楽を演じて、観衆やひいきの大名、公家たちから見物料や引き出物をもらうのだ。観衆があつまらねば、たちまち食うにも事欠くようになる。

そして観衆の多くは主役をつとめて謡い、舞うシテを見に来る。すなわちシテの魅力こそ猿楽の魅力の源なのだ。観世座の長、観世大夫はシテの筆頭としてその大役を果たさねばならない。それも優美かつ上品な芸で。

昔、猿楽の座は田舎まわりをして村々で土豪や百姓を相手に芸を披露し、投げてもらった銭で暮らしていた。そのころなら野卑な芸でも通じたが、世は移り、いまや観世座の上得意は寺社権門の貴顕たちである。

僧侶や公家はもちろん、上流の武家たちもみな和歌や漢詩の素養をもち、猿楽も見慣れて目が肥えている。だから「実方」のような繊細な主題の曲が賞翫《しょうがん》されるのだ。

それだけに演じるシテはむずかしい。もともと庶民である猿楽の家に生まれたのに、優美な貴公子の心がゆれ動くさまを表現しなければならない。それも本物の公家たちの前で演ずるのである。下手な芸を見せたらいっぺんで評判を落とすから、まったく気が抜けない。

「あやつは舞に天性があるわけではない。その分、懸命に稽古して上達せねばならんのに、通り一遍の稽古しかやらぬ。あれでは観世座は世の殿方から見放されるぞ」

嫡男だからと、又三郎を自分の跡継ぎにしたが、名人といわれた自分から見れば、なんとも心許《こころもと》ない芸しかできない。

そのため音阿弥も、古希が近い身でありながらシテをつとめてきた。昨年など「舎《しゃ》利《り》」という、仏舎利《ぶっしゃり》（釈迦《しゃか》の遺骨）を足疾鬼《そくしつき》が奪い、それを韋駄天《いだてん》が追いかけて取り返すさまを描いて、終盤に激しい舞がある大曲を舞った。それを見た将軍義政から、「老いてますます健《すこ》やか」とおどろき混じりの評判をとったものだ。

だがそれも一年前の話で、昨冬あたりから音阿弥にも急速に老いが襲いかかってきた。腰痛、耳鳴りは毎日のこととなり、膝の痛みはとれず、眠りは浅くなって夜中に何度も起きてしまう。体が満足に動かず、気分も鬱々とし、いまや長い舞台には耐えられなくなっている。シテがそんなありさまなので、観世座もしばらく興行を打てなかった。

又三郎が演目を増やして音阿弥の抜けた穴を埋め、やっと来月の興行に漕《こ》ぎつけたところである。それだけに、不甲斐《ふがい》ない又三郎を見て音阿弥もあせりがつのる。

「もう少し長い目で見てやってくだされ。あの子も四十になれば落ち着いて、芸も伸びましょうに」

芳春は言うが、そうとも思えない。稽古を重ねれば芸に磨きはかかるが、その分、若さという花を失う。失った分を超えるだけの芸を身につけるには激しい稽古が必要だが、又三郎はそれもわかっていないようだ。

「世の中もなにやら物騒になって、興行も昔のようにはまいらぬようで」

重ねて芳春が言う。その点は音阿弥もわかっている。

将軍家に男児が生まれて、その前に次期将軍の座を約束された今出川どの——足利義視——と将軍義政のあいだに秋風が吹いているという。

次期将軍をめぐる争いとなれば、他の大名もほうってはおかない。いまのところ今出川どのには細川家がつき、男児を産んだ正室の側には山名家が後押しについている。そして将軍側近衆もどちらにつくのか、あやしい動きをしているようだ。

まだ畿内は静かなものだが、関東のほうでは合戦がつづいている。それも山名家と細川家の息のかかった者同士が戦っているようで、いずれ両家は畿内でも合戦におよぶのではないかと、京雀《きょうすずめ》たちはうわさしていた。

「ところで、まだ大丈夫なのか」

ふと心配になって、芳春に問うた。

「大丈夫とは？」

「座の金繰りよ。しばらく興行を打たぬうちに苦しくなっているのではないかな」

世の中がざわつき、また音阿弥が舞台を踏めなくなったため興行が打てなかった観世座の金繰りは、きびしくなっているはずだ。

観世座は大所帯である上に、観客が貴顕の諸衆だから、衣装や舞台道具も相応の上質なものにしなければならない。さらには自分たちの暮らしぶりも、貴顕と付き合うにふさわしい程度には高める必要がある。

和歌や蹴鞠《けまり》を習い、香をきき、茶の湯の席にも出るようになるには、それなりの金銭がかかる。芸を支える出費はかなり多いのだ。

だが収入のほうは限られている。

興行のたびに多額の収入があるものの、毎月興行を打つわけではないから、足りなくなる月もある。そのため金貸しの土倉《どそう》との付き合いは欠かせない。

又三郎は苦しさを音阿弥に訴えない。座の長としての矜持《きょうじ》だろうと思い、だまって見ていたが、今日の又三郎の態度を見てふと不安になった。

芳春は顔をくもらせた。

「あの子はあたしにも言わないんでよくわからないのですけど、どうもかなり悪くて、土倉へしげしげと出入りしているみたい」

そうだろうと思う。

「貸してくれるうちはいいが、あまり借銭がつもるとどこも貸してくれなくなる。そうなる前に手をうたねばな」

借銭の恐さ、貧窮のみじめさは、まだ売れなかった若いころに経験している。老いたいま、あのみじめさをふたたび味わいたくはない。

「でも、それより心配なのは」

と芳春はつづける。

「どうもあの子、醍醐《だいご》清滝宮《きよたきみや》の楽頭職を質に入れて借銭しているみたいで……」

「なに、それはまことか！」

音阿弥は思わず高い声を出した。

楽頭職は観世座が世の貴顕に受け入れられていることの証明でもある。質入れするなど以《もっ》ての外だし、万が一質流れになってしまったら大変だ。将軍家の信用を失ってしまう。

これは観世座の危機である。

二

夢の中《うち》なる舞の袖
現《うつつ》に返す由もがな

音阿弥が地謡の句をうけもって、又三郎に「実方」の稽古をつけている。

興行の期日が迫っているので、なんとか形にしてやりたいとの思いからだ。又三郎も、昨日は怒っていたがすぐに態度をあらため、教えてほしいと頭を下げてきた。

体は動かなくなっても、音阿弥の声はまだ張りも艶もあり、よく通る。対して又三郎の声は、張りはあるものの一本調子で魅力に欠ける。いくらか気落ちしながらもつづけた。

御手洗《みたらし》に、映れる影を、よく見れば

我が身ながらも

又三郎が舞う。一番の見せ所なのに、その舞は伸びやかであるけれど優美さに欠け、それどころか武骨にすら見える。

これでは「実方」になっていない。

舞い終えた又三郎を見て、思わずため息をつきそうになったが、なんとかこらえた。

「ふむ。いま少し工夫が必要じゃな」

音阿弥は言葉を選んだ。

「老いた実方が舞っている感じが出ておらん。折り目正しい舞手ながらも、力衰えて意を尽くせず、という感じを出さねばならぬ」

又三郎は無言で聞いている。

「それには、老人のようすをよく見て学ぶしかないぞ。老人ならばこうはできぬ、こう手足が動く、まして若いころに名声を得た舞手ならば、こう動くじゃろうと、いろいろ考えて工夫せねばな」

又三郎はうなずく。

「そもそも三十路《みそじ》のそなたがこの曲を舞うのは、むずかしいのじゃ。わしとて、ここはこうか、あそこはこうもあろうかと考え迷いつつ舞っておるのでな。しかしな、舞えぬことはない。名手は女であれ子供であれ、どんな者にでもなれるものよ」

又三郎に説き聞かせ、いま一度、稽古するよう促した。

足の運び、袖の返しようを考えつつ舞う又三郎を見ながら、音阿弥はこの曲をつくった伯父、世阿弥《ぜあみ》のことを思い出していた。

——これは実方中将に託して、自分のことを書いたのか。

若いころ一世を風靡《ふうび》したのに、中年以降は恵まれなかった世阿弥の姿が、この曲から立ち上がってくるのだ。

そもそもこの「実方」という曲自体、かなり奇妙な構成になっている。実方はワキの西行法師の夢の中にしかあらわれず、しかもその夢の中で実方が幻想を見るのだ。

藤原中将実方は、実在の人物である。

一条《いちじょう》天皇ご在位のころ、美貌と才知を兼ね備え、和歌と舞の名手として知られた公家で、院の若女房たちが、「もし誓いを破れば実方中将に憎まれてもよい」というのを口癖にするほど人気があったという。

ところが和歌をめぐる遺恨から、宮中においてある公家の烏帽子《えぼし》を打ち落とすという狼藉《ろうぜき》をはたらき、それが一条天皇の目にとまったものだから、奥羽《おうう》の地に左遷されてしまった。以後、京へもどることはかなわず、奥羽の地で果てたという。

実方にはこんな話が伝わっている。

上賀茂社の臨時の祭の場で、実方は舞を舞うことになっていたが、遅参してしまい帝《みかど》より冠《こうぶり》に挿す花を賜ることができなかった。衆目があつまる前で実方はあわてず、庭にあった竹の枝を折って冠に挿し、優美に舞ったという。これが帝のお褒めにあずかり、実方一世一代の名誉となったのである。

世阿弥の「実方」は、この話を下敷きにしている。

だから実方の亡霊は西行法師を前にして、臨時の祭でうけた名誉を語り、また舞に行かねばならぬと言うのだ。だが左遷された実方にお呼びがかかるはずもない。臨時の舞に出るのは、老いて衰えた実方――それも亡霊――のはかない幻想なのである。

御手洗川をのぞきこみ、水面に映ったわが姿を見て老残を感じるところなど、まことに哀れを誘う話になっているが、曲を作った世阿弥も、そうした経験をしているのだ。世阿弥がまだ藤若《ふじわか》といっていた十五、六歳のとき、その美貌と才気ゆえに時の将軍、足利義満に寵愛《ちょうあい》され、祇園《ぎおん》祭の鉾《ほこ》をおなじ桟敷で見物するのを許された。

これこそ、実方の臨時の祭の舞におとらぬ名誉だろう。

だがその後、世阿弥の若さが消えると義満の寵愛は近江《おうみ》猿楽の犬王《いぬおう》へとうつってゆき、世阿弥は相手にされなくなった。仙洞《せんとう》御所への出入りも許されず、貴顕の御前で舞う機会は失われた。

このあたりで世阿弥は「実方」を意識したにちがいない。人生の絶頂期は若い日にすぎてしまい、あとは老残の身を長らえるだけと悟って嘆いたことだろう。

その後、世阿弥は七十歳を過ぎてから佐渡《さど》へ流罪となり、八十一歳まで生きたが、もう世に出ることはなく寂しく生涯を終えた。

——自分は、世阿弥のように美貌と若さで出世したのではない。芸でいまの地位を得たのだ。世阿弥のようにはならない。

音阿弥は自分の芸に自信がある。

義満の子である六代将軍、足利義教に高く評価されて音阿弥は観世座をつぎ、義教の子、義政にも愛《め》でられた。

長く猿楽の第一人者でいられたのは、ひたすら精進して稽古をかさね、誰に見られても恥ずかしくないよう、芸を磨いてきたからだと思っている。

その上、世阿弥の生涯を見ていたから、世渡りにも気をつけた。将軍の寵愛を受けているといっても驕《おご》らず、諸大名や寺社権門にも辞を低くして近づき、時にはその屋敷に押しかけて小舞をひとさし舞ったりして取り入った。天下一の猿楽師とよばれる自分が目の前で舞えば、たいていの者は喜んで味方になってくれるものだ。

そうして自分と観世座の地位をかため、ここまで来た。七十歳に近くなって、もう人生の残りもわずかだ。世阿弥や実方のような悲惨な目に遭わず、平穏無事に生涯を終えたいというのが、目下の切なる願いである。

それにはまず、来月の興行を無事に舞いおさめて金銭を得、その銭で楽頭職を質から出すことに尽きる。又三郎にはどうしても頑張ってもらわねばならない。

耳をすませば、大鼓や笛の音、謡の声も聞こえる。稽古場の周囲には一族の者があつまって集落を作っているので、稽古の音が絶えることはない。興行が近くなって、みなそれぞれの家で稽古に励んでいるのだ。

——囃子方も謡のほうも心配ない。あとはシテだけだな。

これから毎日、又三郎を指導してやれば、興行までにはなんとか形になるだろう。

安心して寝についたその夜、夢うつつの中で切迫した声を聞いた。

はじめはひとりの声だったのに、しだいに大勢の声になってきている。

音阿弥は寝床から上体を起こした。となりで寝ていた芳春も、すでに起き上がっている。騒がしいな、と言ったとき、

「火事だ。みな、起きろ！」

という又三郎の声が聞こえた。

外へ出てみると、集落のうち、入り口近くにある一軒が燃えていた。茅葺《かやぶ》きの屋根を赤い炎がなめ、黒い煙が天へ立ちのぼっている。

「八郎の家か。八郎は無事か」

駆けつけて、となりの家に燃え移らぬよう、火の粉をはたき落としている者にたずねた。

「八郎なら、あそこに。でも子供が煙にまかれて……」

「なんと！　夜叉丸《やしゃまる》か、おみつか」

八郎の子はそのふたりだ。七歳と五歳で、音阿弥にとっては孫にあたる。

「おみつが見つからない」

聞いた芳春が奇声を発した。

「八郎が煙の中へ入っていったけど、もう無理だって。なにも見えないって」

そう言っているうちにも家は燃えつづけ、それどころか軋《きし》み音をたてはじめた。

「危ない、離れろ。倒れるぞ！」

又三郎が叫ぶと、燃えていた家は斜めにかしぎ、大量の火の粉をまき散らしながら崩れ落ちた。

朝になって、焼け焦げた灰の中からおみつらしい子供の遺体がみつかった。

その日一日、後片付けと弔《とむら》いで集落は重い空気に包まれ、稽古どころではなかった。音阿弥も孫の死に平静ではいられず、一日じゅう念仏をあげてすごした。

八郎の話では、寝ていて気がついたときにはもう火の手は天井に達していて、逃げるしかなかったという。どうやら囲炉裏《いろり》の火がはぜて、近くにあった寝藁《ねわら》に燃え移ったらしい。

囲炉裏の火は年中絶やさないが、それで火事になるとは、あまりないことだった。

数日して、やっと集落の中が落ち着いたころ、今度は喧嘩《けんか》で死人が出る騒ぎとなった。

小鼓の若者とワキの若者が、酒を飲んで酔ったあげくに、口喧嘩から刀をもちだしての争いになったのだ。小鼓の若者が肩から斬り下げられて深傷《ふかで》を負い、ワキの若者は膝を斬られて出血が止まらなくなり、翌日死んだ。

あっという間の出来事で、周囲がとめる暇もなかったという。

わずか数日のあいだにふたりの死人と怪我人《けがにん》が出たことで、なにかの祟《たた》りではないかといううわさが集落の中で飛び交った。夜、集落近くの道にひとりの老人がぼうっと浮かんでいて、集落の稽古場を見ていたというまことしやかな話も流れた。

「なにが祟りなものか。祟られるような悪いことはしておらんぞ」

腹立たしいことだと音阿弥は思っていたが、そこに又三郎が憔悴《しょうすい》した顔で相談にきた。

「じつは、土倉からの借銭のこと……」

期日がもうすぐ来るのだという。

「興行が終わるまで待ってくれ、興行さえ無事にすめばきれいに全額返すと言って、それで通りそうだったのに、やはりならぬ、返せぬなら楽頭職をもらうと、いつの間にか話が変わってしまって……」

音阿弥はおどろいた。期日の話も、待ってもらえなくなったという話も初耳だった。

「なぜ正直に言わぬ！」

又三郎を責めても仕方がないと思いつつ、つい声が荒くなる。

「いや、おやじに心配をかけまいとして、だまっておったのじゃ。まさかこんなことになろうとは……」

どうやら貸し主の土倉は、こちらを困らせるために楽頭職を奪うつもりらしい。

「われらは、御台《みだい》さまや山名さまに近いと見られておるらしい。それで細川どのの息がかかった者に目をつけられたらしくて、意地悪をされておるのじゃ」

御所周辺で近ごろ始まった政争のあおりが、この猿楽の一座までおよんできたのか。

ぞっとして、音阿弥は額に手をあてた。

もしかすると祟りというのは、あるのかもしれない。楽頭職はもともと世阿弥がもっていたのを、音阿弥が奪ったものだからだ。

音阿弥は世阿弥の養子だが、養父を大切にしたかと問われれば、下を向かざるを得ない。

これは世阿弥の祟りか。世阿弥の死霊が観世座に祟ろうとしているのか。

死霊の影をさがすように、音阿弥は虚空に目をやった。

三

音阿弥は三郎元重《さぶろうもとしげ》と名乗っていた若いころに世阿弥の養子となり、観世座をつぐ地位を約束された。

だがその後、世阿弥に男子が生まれたことから、話は込み入ったものになる。

世阿弥の子の十郎元雅《じゅうろうもとまさ》は成長して舞の名手と呼ばれるようになったが、そのころには音阿弥も観世大夫の地位にあり、世間での名声も確立していた。

音阿弥は頑として大夫の地位を手放さなかった。自分の技量に自信があったので、元雅に大夫の地位をゆずる理由などないと突っぱねたのである。

結局、観世座は分裂し、元雅は都を去って大和の越智《おち》で一座を張った。そして都へ帰れぬまま伊勢で客死してしまう。

座の継承争いは音阿弥の勝ちだった。

いまや観世座から世阿弥の血統は絶えている。多くの子に恵まれた音阿弥がシテだけでなく、ワキや小鼓、大鼓といった囃子の役にも子を配置し、座をしっかりと押さえていた。

世阿弥はその後も長生きしたが、観世座からは疎遠となり、女婿《じよせい》の金春《こんぱる》大夫に面倒を見てもらって老後をすごした。

それだけでも、世阿弥が音阿弥に祟る理由になるだろう。

だが音阿弥からすれば、前大夫の実子というだけで座の実権を握れると思うほうがまちがいだと思うのだ。

自分は芸の力と世渡りのうまさの双方を駆使して観世大夫の座を手にした。文句があるなら実力で奪い返してみろと言いたい。

とはいえ、死霊に道理を語っても仕方がない。それよりまずは、身に降りかかる火の粉を払うのが先決だ。

翌日はよく晴れていた。音阿弥は又三郎をつれて相国寺へ出向いた。

「よいか。そなたもそろそろ上《うえ》つ方《かた》との付き合いを覚えねばならんぞ。呼ばれるのを待っているだけでは、いずれ見限られる。時にはこうして相手の懐に飛び込むのじゃ」

又三郎に言い聞かせながら、痛む膝を引きずって歩く。四月のさわやかな風が吹いているが、気持ちがいいと感じる余裕もなかった。

土倉に返済日を繰り延べてもらうには、直《じか》に頼むだけでは無理だ。ここは土倉ににらみのきく権門から、救いの手を差し伸べてもらうしかない。

室町第の東側に広大な境内をもつ相国寺は、若葉のさかりだった。木の下を歩くだけで肌が緑に染まるようだ。

土倉の多くは、もともと比叡山延暦寺《えんりやくじ》や洛中の禅寺の僧たちが、その信用と会計の知識を生かして金貸しをはじめたものだ。土倉を営む者が独立したあとも、裏ではさまざまな人脈をへて寺院とのつながりを保っている。

その寺院の元締めともいうべき者が、この相国寺の鹿苑院内にある蔭凉軒にいる。

「まずそなたは何も言わずともよい。ただ礼だけは尽くすようにな」

蔭凉軒は、もともと将軍が参禅や聴講をするために鹿苑院の隣にもうけられた一庵である。

鹿苑院には日本中の臨済宗《りんざいしゅう》寺院の僧侶を統括する僧録司《そうろくし》があるが、いまは将軍がしょっちゅう蔭凉軒に来るため、その留守居役をまかされた僧が僧録司の役をになっている。

つまり、ここの留守居役として住み込んでいる僧は、全国の臨済宗の僧侶すべてに対してにらみをきかせる立場にあるのだ。もちろん土倉へもにらみがきく。

敷地を囲う竹垣の向こうに茅葺きの庵《いおり》が見える。門は開いていた。門前にある木板を木槌《きづち》で叩いた。こんこんと乾いた音が響く。

「誰ぞある」

たずねる声に、

「観世座の音阿弥にござりまする。お願いの筋があって推参いたしました」

答えると、ひと呼吸あってから「入れ」と指示された。雲水に導かれて書院の間へと入る。留守居役、季瓊真蘂が肌つやのいい顔で迎えてくれた。

禅僧だが、将軍の側《そば》にあって政治にも深く関わっている。当代の怪僧のひとりだ。

深く礼をして時候の挨拶をのべると、

「天下一の舞の名人が、いまごろ何用かな」

と切り出された。

「じつは、まことに恐縮ながら……」

言葉を選びつつ、観世座の苦しい台所事情、土倉からの借銭に困っていること、それが政争のあおりを受けているらしいと告げた。もちろん楽頭職の質入れには触れない。

話し終わったときには、まださほどの暑さでもないのに額の汗が床に滴り落ちた。

「ほう、さような話であれば」

と真薬和尚は手許の鈴を鳴らした。雲水が顔を出すと、

「益山蔵主《えきざんぞうす》を呼べ。用がある」

と告げた。蔵主とは禅寺で経理をみる役僧である。

あらわれたのは色白で固太りの僧だった。四十路《よそじ》と見えた。眠そうな目をしており、表情からは何を考えているのかわからない。

「どうやら細川どのの手が動いておるようでな、困っておるらしい。手を貸してやれぬか」

音阿弥の事情を手短に話した。

「その土倉なら顔見知りゆえ……」

益山蔵主はうなずいている。やはり金貸しの世界に精通した僧のようだ。

「手はありましょうが、さて、空手で、ともまいりませぬな」

話をつけるために、銭かみやげが必要だというのか。しかしそんなものが出せるのなら、先に借銭を返している。音阿弥は汗をかいたまま無言でいた。

「音阿弥どのからは何も出ぬぞ。お困りゆえ、ここに来たのでな。なにか工夫はないか」

真薬和尚が助け船を出してくれる。

「工夫ですか、はあ。そうですな」

益山蔵主は首をひねっている。真薬和尚は重ねて言った。

「観世座が夜逃げというのでは、世間の聞こえもよくあるまい。大樹《たいじゅ》（将軍）の評判にも差し障りが出る。ひとつうまく収められぬか」

「それなら、こちらが汗をかくしかありますまい。ちと工夫してみましょう」

どうやら話は通じたようだ。音阿弥はほっとしたが、益山蔵主は顔を音阿弥に向けて、

「しかしそれには証《あかし》がほしいところですな」

と言った。

音阿弥はとまどった。証とは何か。

「いや、返済を待たせても、結局は返済されなかったとなればこちらの顔が潰れますのでな、必ず返済できるという証がほしい。話によれば奈良で興行できれば返済できるとのことゆえ、興行がうまく行くという証をいただきましょうか」

「それは……、どのようにすれば……」

「まずはここで舞ってもらいましょうかの」

蔵主はにこりともせずに言う。

「失礼ながら、名人音阿弥も老いたりという話を聞きますのでな。興行に耐えられるの

かどうか、見せていただきたい」

いや、もう自分は舞わない、又三郎にと言おうとして思いとどまった。又三郎の未熟な芸では、蔵主を納得させられないだろう。

自分が舞うしかないのか。しかし膝が痛み、存分に舞えるかどうかわからない。

ふと、蔵主の背後の虚空に世阿弥の顔を見た気がした。

やはり祟っているのか。

こちらを困らせ、あげくには潰そうとしているのか。

そう考えた途端、音阿弥の胸に熱いものが湧いてきた。

「されば拙い舞ながら、ご覧に入れましょう」

言いながら左右を見回した。書院の間は六畳だが、次の間を合わせれば舞えるだけの空間はある。歩数に気をつけねばならないと思いつつ、扇子を手に立ち上がった。

そもそも、世阿弥に祟られる憶《おぼ》えなどないのだ。あるとすれば、それは世阿弥の逆恨みだ。嫉妬といってもいい。そんなことに負けてなるものか。

真蘂和尚がすわる上座を正面に見立て、次の間の中央まで下がった。ここが大小前《だいしょうまえ》だ。すわって構えた。

「地謡をたのむぞ。もちろん『実方』よ」

又三郎に命じて、心気を調えた。

世阿弥がおのれを託した「実方」こそ、世阿弥の死霊を慰めるにふさわしいだろう。

匂やかなりし姿の、水に映る影見れば
我が身ながらも美しく

又三郎の地謡を、音阿弥は下居《したい》の構えでじっと聞いている。

心ならずに休らいて、舞の手を忘れ水の
御手洗に向かいつつ、影に見られて佇《たたず》めり

音阿弥は立ち上がった。扇子をかざし、前に出る。膝が痛むが、かまってはいられない。

御手洗に、映れる影を、よく見れば
我が身ながらも、美しかりし粧いの

サシ込《こみ》、開《ひらき》、そして左右《さゆう》。

型を繰り出しながら、舞の上手が老いのためにうまく舞えない悔しさ、切なさをあらわすよう、歩度をゆるめ、手の広げようや扇の高さを加減する。さりとて拙く見えてはまずい。優美でなくてはならない。首の曲げ方までも気をつけた。

今は昔に変わる、老衰の影
寄するは老波、乱るるは白髪

膝をだまし、腰をかばって舞ううちに、実方とは自分だと思えてきた。老いの無惨さ、ままならぬ世の中。それでも息が絶えるまで舞いつづける執念……。気がつけば、体が自然と動くようになっていた。

そうだ、老いた舞の名手はこう舞うのだ。

草の枕の夢さめて、枯れ野の薄《すすき》、形見とぞなる
跡弔《あととむら》い給《たま》えや西行よ。跡弔い給えや西行よ

終曲だ。扇を打ち下ろし、左足、右足と下がった。膝をつき、下居の構えをとる。扇を畳んだ。息も弾んでいないのに、どうしたことか思い切り舞った実感があった。

「む、さすがに名人よな。愚僧にも実方が見えたように思えるわ」

蔵主が感に堪えぬといった声をあげる。どうやらうまくいったらしい。

蔵主に土倉への仲介を約束してもらい、真蘂和尚から舞の褒美にと小銭までもらって、蔭涼軒を後にした。

「さすがの舞にござりました。見ていて身が打ち震えました」

又三郎も言うから、それなりの出来映えだったのだろう。自分でも納得の出来だった。

舞台でもこう舞えばよかったのにと思う。

いくらか若やいだ気分になり、安堵《あんど》と少しばかりの誇らしさを胸に都の大路を歩いた。

通り道にある小さな祠《ほこら》の前に、手水鉢《ちょうずばち》を見つけた。ふと気になってのぞきこんだのは、「実方」が頭にあったせいだろう。

「おう」

思わず声が出た。水鏡に髪も鬚《ひげ》も白い霜《しも》の翁《おきな》が映っている。老い衰え、生命の輝きなど微塵《みじん》もない。この老人がわが姿か。

若やいだ気分が一気にさめ、しばらく動けなかった。

「どうかしたので」

気遣う又三郎に首をふった。この気分が若い者にわかるはずはない。

顔をあげ、木の枝の隙間に見える空をにらみつけると、音阿弥は口の中でつぶやいた。

——世阿弥どの、もう恨みたもうな。わしもそろそろそちらへ参りまする。一緒に猿楽の話など、いたしましょう。

世阿弥にとどけと念じて、ほっと息をついた。

しばらくすると一陣の風が吹いて、つぶやきに応えるように緑の枝がゆれた。

天狗流星

一

今出川どのこと足利義視はいくらか丸顔で鼻も丸く、細面の公方《くぼう》さまとは一見、似ていない。しかしよく見ると口角の下がり方と、長くて大きな耳はそっくりだ。やはりおなじ血が流れているのだと思う。

「いや、話はわかり申した。大変な目に遭われましたな」

細川勝元《かつもと》は、上座にすわる義視をいたわる一方で、この突然降ってきた話をどう利用しようかと頭をめぐらせていた。

義視は今出川の屋敷に住んでいたが、この未明、勝元の細川屋敷に近習ふたりを連れただけで駆け込んできたのだ。

何ごとかと寝起きの勝元もおどろいたが、つぎに将軍になるお方とあっては捨てておけない。落ち着かせた上で、駆け込みの理由を聞いたところだった。

「まったくひどいありさまよ。わしが兄者を討つなど、どこをどうひっくり返したら出てくるのか。根も葉もないとはこのことじゃ」

話は、こういうことである。

義視が「兄者」つまり将軍義政の命を狙っている、という話が義政自身の耳に入ったという。

「いま斯波義廉《しばよしかど》の軍兵が都にあふれておるじゃろ。それはわしが義廉をそそのかしたからで、あの軍兵をつかって御所に討ち入り、兄上の首級《しるし》をあげる算段じゃというのじゃ。まったく馬鹿な話よ」

その話を信じた義政が、手許《てもと》の奉公衆《ほうこうしゅう》を義視討伐に差し向けようとした。しかしその前に義視の無実を知る奉公衆のひとりが、今出川屋敷に知らせに走った。驚愕《きょうがく》した義視が助けをもとめて細川屋敷へ駆け込んできたのである。

義視にしてみればとんでもない話だろう。なにしろ幼時に出家し、洛東《らくとう》の浄土寺《じょうどじ》におさまって安穏に日々を送っていた義視を、つぎの将軍になれと強引にかき口説き、還俗《げんぞく》させて今出川屋敷に入れたのは、兄の義政その人なのである。

なのに謀叛《むほん》だといって討とうとするとは、勝手にもほどがある。兄弟の縁など信じられるものではないと義視どのは嘆いているが、それも無理はないと思える。

「さようなわけならば、理《ことわり》を明らかにして申し開きをすればすみましょう。それがしが今日のうちにでも御所へ出向き、公方さまにいま一度お考えあるようにと、申し上げてみまする」

「おお、そうしてくれるか。兄もそなたの言葉なら聞くであろう」

義視の顔が安堵《あんど》にゆるむ。

勝元は義視が還俗するときから何くれとなく世話を焼き、その後も義視を支えてきた。だが義視が勝元を頼った理由は、それだけではない。

足利将軍家は地位は高いが、領国が少ないため兵力に乏しく、武力はないにひとしい。対して細川家は長いあいだ管領《かんれい》の職にあり、領国も兵も多い。いま地位と武力の両方を備えている天下の真の覇者は、じつは細川家なのである。

それがわかっているから、義視も頼ってきたのだ。

「しかし、だれの讒言《ざんげん》でしょうかの」

およそわかってはいるが、義視の口から聞きたい。

「伊勢よ、伊勢。あやつが吹き込んだのじゃ。わしが将軍の座につけば、あやつは力を失う。それで……」

義視が勢い込んで言う。勝元はうなずいた。

「なるほど。あり得まするな。となると、さて……」

と言ってから顎に手をやり、しばし宙をにらんだ。頭の中には、いまの幕府を動かす有力大名のだれかれの顔が浮かんでいる。

それぞれの顔は、将棋にたとえればひとつの駒だ。そして対戦相手は伊勢伊勢守貞親である。

いま盤上はがっちりと駒組みがなされていて、どちらも手を出しにくい状況だが、その中で伊勢貞親がひとつの駒を動かした。どうやらゆるい手のようだ。

これをとがめて、逆に相手を追い込むことはできないか。

大駒がひとつ、思い浮かんだ。

「これはちと大ごとになりましょう。であれば先に宗全どのにも話を通しておいたほうが、よろしいでしょうな」

宗全とは山名家の当主の法名である。山名家は一族で九カ国を領し、細川家とならぶ威勢を誇る大大名だ。盤上では最強の駒といえる。また宗全は勝元の岳父でもある。

「おお、山名でも斯波でも、誰とでも話すぞ。みんな味方にしておかねばな」

「では、さっそくご足労を願いましょう」

勝元は近習をよび、義視を警固して山名邸へ案内するよう命じた。

「もはや今出川屋敷は危のうございます。金吾《きんご》どのと話がすんだら、速やかにこなたへお帰りあそばされませ」

と義視を送り出しておいて、勝元は薬師寺《やくしじ》、香西《こうさい》など内衆《うちしゆう》（家来衆）をあつめた。

内衆は、平時は細川家領国の守護代などをつとめて年貢を収納し、また合戦となれば手兵をあつめて実戦部隊長となる。細川家の手足である。

「朝っぱらから、願ってもない話が飛び込んできた」

勝元は、義視から聞いた話を内衆に伝えた。

「伊勢どものもくろみ通りに今出川どのが討たれてしまえば、もはやことの真偽を確かめる者もいなかっただろうが、なんと今出川どのは話を聞いてすぐさま逃げ出した。伊勢めも、そこまで今出川どのが軽々しいとは思いもよらなんだであろう」

内衆から笑い声があがる。

「讒言をして公方さまを惑わし、今出川どのに弓を引いたとして罪に問えば、伊勢どもら小うるさいお側衆《そばしゆう》を一掃できるぞ。まつりごとも、少しはやりやすくなろうて」

「兵を発するので」

内衆からの問いに、勝元は首をふった。

「兵は必要であろうが、なにもわれらが手を汚すことはない」

この洛中で兵を使うのは、優雅な手ではないと思っている。

「宗全どのにやらせればよい。伊勢らに恨みを抱いておるし、張り切って兵を出すだろうよ」

「宗全どのはいくさ好きでもありますしな」

わはは、とまた笑い声が起こる。

「では、このあとは」

「うむ。宗全どのと示し合わせて、御所へ乗りこむ。公方さまの迷妄を解いて差しあげれば、公方さまの怒りは伊勢へ向く。あとは宗全どのが兵を差し向けて、終わりよ」

相手の緩手をとらえて、一気に詰みにまで追い込めそうだ。

「今出川どのがもどってきたら、室町の御所へまいるぞ。支度せよ」

二

まだ昼前だというのに、室町第の広間に出てきた義政は酒の匂いをふりまいていた。

「……政所《まんどころ》が、偽りを訴えたと申すか」

赤い目を勝元に向けて言う。政所とは、政所執事をつとめる伊勢貞親のことである。政所執事はもともと、将軍家の家政の面倒を見る役である。ほかに所領に関すること以外の裁判と、将軍家子弟の養育をも受けもつ。将軍の側近くで仕えるが、天下のまつりごとを左右するような役職ではない。

しかし、義政のもとで伊勢家は勢力をのばしてきた。

侍所《さむらいどころ》、問注所《もんちゅうじょ》など幕府の役所は、ほぼすべて管領の指揮下にある。政所も本来は管領の指図をうけるはずなのに、近ごろでは将軍と直《じか》にむすびつき、管領の指示を聞かなくなっていた。

それどころか、管領が出していた義政の御内書《ごないしょ》の副状《そえじょう》を、政所執事の貞親が出すことが多くなり、その分、管領の力が削《そ》がれていった。裁判をおこなう評定衆《ひょうじょうしゅう》やさまざまな奉行衆の任命も一手ににぎり、いまでは幕府の権能をほぼ手中にしている。

管領を長くつとめ、幕府一の実力者である勝元にしてみれば、伊勢貞親はもはや目障りというより、強大な政敵となっていた。

だが義政が貞親を頼りにしている以上、表だって手出しはできない。というより、義政と貞親が一体となり、管領ほか諸大名の意向を無視して幕政を切り回そうとしているのが実情だから、なおさら始末に悪い。

幕府の中で将軍の権限は強大で、さまざまなことを差配するが、中でも大名衆にとってもっとも影響が大きいのが、家の当主を認める権限である。

大名家の当主は、家中だけでは決められない。将軍が、

「家を背負うに足る器量がある者」

と認めて、はじめて当主になることができる。言い換えれば、将軍は大名家の当主の首をすげ替える力をもっているのである。

義政の親政が公平無私ならば、それはそれでいい。本来の政治のあり方である。しかし実際はそうではない。

義政の指示は実情を無視し、偏頗《へんぱ》でえこひいきに満ちている。その上、ころころと指

示が変わる。昨日とがめをうけた者が、今日には許される、ということも珍しくない。諸大名は混乱するばかりである。

これでこじれてしまったのが、管領三家のうちの斯波、畠山の両家だった。

事情はちがうが、いまやそれぞれの家に当主の座を争う者がふたりずついて、長らく内紛がつづいている。

斯波家では五年ほど前に、当主であった尾張守《おわりのかみ》義敏《よしとし》とその子松王丸《まつおうまる》が義政の意向で追放され、斯波家とは縁もゆかりもない渋川《しぶかわ》家から養子にはいった義廉が当主の座についた。

しかし三年前に義政は母重子の死に際して大赦をおこない、尾張守を赦免すると、さらにこの七月には義廉の家督を廃し、ふたたび尾張守を斯波家の当主に据えた。

まったく一貫性のない、支離滅裂なはからいである。

なぜそんなことになるかといえば、幕府内でいくつもの勢力があるためだ。

勝元の細川家はもちろん最大の勢力だが、ほかに伊勢守ら義政の側近衆と、山名宗全もあなどれない力をもっている。いまはこの三つの勢力が幕府を動かしていて、それぞれの勢力が公方さまの権限を使おうとする。そしてそれを義政が安易に聞き入れてしまうのである。

しかもある勢力が義政に出させた指示が他の勢力にとって不利になると、その勢力は義政に訴えかけて、前に出た指示と反対の指示を出させる、といったことも多い。

斯波家の件では山名宗全は義廉を支え、もし義廉が追討をうけるようならともに戦うという姿勢でいる。義廉の母は山名一族の者だし、さらに義廉には宗全の娘を嫁がせることが決まっているからだ。

尾張守を支えるのは細川家で、勝元は大赦のときに尾張守父子を許すよう義政にはたらきかけた。とはいえ積極的に尾張守を推していたわけではない。ただ義廉が力をつけ、斯波家の存在が大きくなるのを避けるためだった。現状維持、無為平穏こそが、最大勢力である細川家の利益になるからである。

そうして山名家と細川家の利害が対立する中で、最後に決め手となったのは、伊勢貞親の進言だった。

これは尾張守が貞親にはたらきかけた結果だが、そのやり方がふるっている。

貞親には寵愛《ちょうあい》している側室がいたが、その側室の姉妹が尾張守の側室だったのである。

姉妹同士のよしみで側室から貞親に頼み入れたところ、貞親があっさりと側室の言うことを聞き入れ、尾張守を斯波家の当主とするよう、義政に進言したのだ。

こんなことでは当主の座を追われた斯波義廉が納得するはずもなく、領国から兵を呼びよせて不満をあらわにしている。洛中に義廉の兵が多いのは、そのためである。

世間ではこの話を漏れ聞いて、こんな落首が出た。

　義敏（尾張守）は二見浦《ふたみがうら》の海士《あま》なれや　伊勢のわかめ（＝若女）を頼むばかりぞ

　世の中はみな歌詠みに業平《なりひら》の　伊勢物語せぬ人ぞなき

そのように義政を自在に動かせる貞親だったが、今度ばかりはやりすぎたようだ。貞親は、義政の正室富子に生まれた子を、自分の手許で養育している。この子が次代の将軍となれば、貞親は育ての親として権勢を保つことができる。

しかし縁のない義視が将軍となれば、権勢を得るどころか逆にうとまれるだろう。義政を動かせるうちに、貞親は自分と縁のない義視を消そうとしたのだ。

勝元は義政に迫った。

「斯波義廉の軍勢が公方《くぼう》さまを討ち奉るなど、あり得ぬことにござる。それが証拠に、いまも洛中は平穏無事、兵戈《へいか》の音など聞こえませぬ」

義政は険しい表情のままだ。勝元は言葉を継いだ。

「伊勢守は公方さまをたばかり、おのれの野心を満たそうとしたまでのこと。もしご不審にお思いならば、伊勢守をここへ呼び出し、真偽のほどをお尋ねあってはいかが。それがしと、宗全どのも同席いたす所存」

「わかった。伊勢守を呼べ。確かめねば気がすまぬ」

勝元は、使者を伊勢邸に遣わす手配をした。

伊勢邸は室町第のとなりにある。伊勢守は、すぐに来るはずである。追及して、義政をだましたことが露見すれば、切腹どころではない。打ち首でも足りないだろう。

どのように問い詰めようかと考えつつ待ったが、半刻《はんとき》、一刻《いっとき》とすぎても伊勢守は顔を出さない。

秋の日はつるべ落としで、室内が薄暗くなってきた。

「遅いな。重ねて使者を出してはいかがか」

山名宗全も控えの間にきて伊勢守を待っている。すでに還暦をすぎた老武者だが、年齢による衰えはまったく見られない。赤入道とあだ名されるほど血色はよく、声も大きい。

今回も手回しよく諸大名衆から、

「このような騒ぎになったのは、伊勢貞親が邪《よこしま》な心でまつりごとに口出しするせいだから、貞親を切腹させるべき」

との連署状を用意していた。それればかりか、

「いや使者よりも、兵を差し向けたほうがよいかもしれぬ。どうせ罪人じゃ。あらがっ

たら即座に打ち殺してしまえばよい」

と、なかなか物騒なことを言う。

「兵の支度は」

と勝元が問うと、

「おお、ここへ来る前に命じておいた。いまごろはわが屋敷の前に、数十騎はあつまっておろう」

数十騎ならば従者はその数倍。あわせて数百の軍勢か。そんな軍勢が押しかけたら、伊勢どのも肝をつぶすだろう。

「しかし罪人は伊勢守だけではあるまい。いつもつるんでおる、あの坊主も同罪じゃろ」

「季瓊和尚ですかな。さて、あれは……」

相国寺蔭凉軒主の季瓊真蘂は、僧侶の身でありながら大名衆の跡継ぎ問題にも口出しをしてきた。今回の企てに乗っているかどうかはわからないが、世間からは伊勢守の一味と見られている。

「坊主のほかにも幾人かおろう。みなひと思いに縛り上げてやろうか」

そんなことを言っているうちに暗くなってしまった。使者を出しても、いま少しお待ちを、といった返事ばかりで埒《らち》があかない。

「ええい、もう待てぬ。兵を遣わすぞ」

勝元としては洛中で兵乱は起こしたくないが、さすがにこう遅くなっては宗全を制止できない。

宗全は兵を伊勢屋敷に差しむけた。

さて、伊勢貞親がどんな顔で連行されてくるかと思っていると、意外な注進が飛び込んできた。

「伊勢守どの、逐電《ちくでん》の模様。屋敷にはおりませぬ」

どうやら暗くなるのを待って、ひそかに屋敷から落ちのびたらしい。

「なんと、情けないやつめ。侍ならば、かなわぬまでも一戦するものじゃろうが」

宗全はあきれているが、ともあれこれで手間をかけずに政敵を打ち倒したことになった。

翌日になると、逐電したのは伊勢守だけでないと判明した。

季瓊真蘂と、七月に伊勢守を通じて斯波家の家督を許されたばかりの斯波尾張守、それに加賀半国の大名、赤松政則《まさのり》も消えていた。

みな伊勢守の一味と見られて、山名宗全から兵を向けられるのを恐れたのである。

——伊勢守が詰んだのはいいが、尾張守と赤松を失ったのは痛い。

こちらの駒でもあったふたりの逐電は予想外だった。

しかし起きてしまったことは仕方がない。犠牲なしには勝利もないものだ。

「これで世の中も平穏無事になるわい。それが一番よ」

内衆たちにそう言って、勝元は祝杯を挙げた。

三

分裂している斯波、畠山の両家とちがって細川家は一族が結束しており、長いあいだ内紛もなかった。一族の分国を維持しつつ寺社領や公家領を蚕食して領地をひろげ、力を養ってきた。

そのため一族の者ばかりでなく、その下で守護代をつとめる内衆も裕福だった。余裕があるので鷹狩《たかが》りや猿楽、和歌連歌などに執心することもできる。代々の細川家の者たちは、武家としては洗練された物腰と豊かな教養を身につけていた。

勝元も例外ではなく、鷹狩りや犬追物《いぬおうもの》といった武家らしい趣味ばかりか禅にも傾倒し、また和歌や絵画もよくしていた。

細川屋敷は室町第の北西にあるが、広さといい美しい庭やととのった建物といい、華麗さでは花の御所と称される室町第に次ぐとされている。細川家の財力と美意識をあらわす屋敷なのである。

その常御殿《つねごてん》の奥で、勝元は妻と相対していた。

「赤い火の玉が、夜空を東北から西南へと飛んでいったそうな。また天狗《てんぐ》の仕業かと、それはもう大騒ぎで」

と妻は心配そうに言う。実際に昨晩、そうしたことがあったのだ。

「おおこわや。天下大乱の相と、しきりにうわさが飛んでいるとか」

「心配せずともよい。もう世の乱れの元凶となる者は去った。これからは平穏無事な世になるばかりよ」

勝元はそう言って怯《おび》える妻をなだめると、

「あまり心配すると、お腹の子にさわる。うわさに惑わされずに、安楽に暮らすがよい」

と、かなり目だつようになった腹に手をおいた。勝元にとっては二人目の子だが、最初の子は女児だから、男児が生まれれば跡取りとなる。

三十をすぎても男児ができなかったため、跡継ぎとして養子をもうけている。だから家が絶える心配はないが、自分の子に跡を継がせたい気持ちはもちろんある。今度こそと期待は大きい。愛宕山《あたごやま》の勝軍地蔵《しょうぐんじぞう》に、男児を授けたまえと願掛けに行ったこともあった。

「でも……、ちょうど一年前にも、火の玉が飛んだでしょう。とても偶然とは思えませぬ。やはり天狗が悪さをしようとしているのでは……」

妻が言うのは本当の話で、一年前の寛正《かんしょう》六（一四六五）年九月十三日の夜、七、八尺もの長さの赤い火の玉が、ごうごうと雷鳴のような音を満天に響かせながら、西南から東北へと空を横切ったのである。

寝ていた者たちも、なにごとかとみな外へ出てこの大流星を見たから、洛中は大騒ぎになった。後日、陰陽師《おんみようじ》たちはこれを「兵火起き、五穀実らず、人民死亡」と占い、世はまた騒然とした。

さらにこれは天狗の仕業として、「天狗の落とし文」なるものが出たとうわさを流す者もいた。大方の者は笑って聞き流したが、中に「音阿弥などは近日こちらに来るだろう」と書かれていたのをとりあげて、さては、と信じる者もいたようだ。

そしてちょうど一年たった昨晩、今度は東北から西南へと流星が帰っていったのだ。

勝元も、これほど不思議なことがつづくと、何かの凶兆かと内心、穏やかでいられない。だが世を治める側の人間である以上、そんなことは言えない。

「なあに、天狗などいるものか。もしいたら悪さをせぬようよく言い聞かせて、追い返してやる」

と妻に言ったが、それは大言壮語ではない。言うだけの自信はあった。

なにしろ勝元は十六歳で管領になり、これまで二十年以上のあいだずっと幕府の中心にいて、まつりごとをみてきたのである。

世のさまざまな動きや移り変わりを経験し、いかようにも対応できるだけの手腕は備えているつもりだ。

現に伊勢守逐電という事件があったが、あれは勝元らが機敏に動いて、兵乱を未然に防いだ結果である。

「そなたは、丈夫なややこを産むことを心がけておればよい。世の中は、なんとでもなる」

そう、この世はいま自分の膝下にある。いくつかの行き違いはあるが、ささいなことだ。細川家の地位はゆるがない。

妻は山名氏の一族で、石見《いわみ》守護だった山名熙貴《ひろたか》という者の娘である。

山名熙貴は、嘉吉《かきつ》の乱で将軍義教が赤松満祐の屋敷で討たれたおりに同席しており、赤松家の武者たちと斬り合って倒れた。残された娘はその後、宗全の養女となってから勝元の許へ嫁してきた。

将軍を守ろうとして斬り合い、討たれた勇者の娘として勝元は妻を大事にし、夫婦仲はむつまじい。

妻にやさしく言っておいて、勝元は奥から表へもどった。実際、昨今は屋敷にいても気持ちにゆとりがある。

――伊勢守を潰したいま、相手になる者もおらぬしな。

将軍義政は今回の騒乱で伊勢守という手足を失ったばかりか、伊勢守の虚言を見抜けず空騒ぎに加担したとて陰であざ笑われ、御所にまいる者も少なくなっていた。

一方で義視は細川屋敷にいつづけて、義政に替わって将軍として執務する姿勢を見せている。昨日も幕府の奉行衆がこぞって訪れ、義視に挨拶をしていった。

いまや義視を勝元と山名宗全が支え、幕府を運営する形ができつつあった。とはいえまだ将軍職は義政の手にあるから、勝元としては義視ばかりを持ち上げてもいられず、両者の均衡に腐心することになっているが。

表へ出ると、家来のひとりが近づいてきて耳打ちする。

「大和より注進がまいってござる。畠山の右衛門《えもんのすけ》佐に動きが見えるとか」

「む、くわしく聞こう」

畠山と言われれば過敏なほど反応してしまう。それほどこの問題は大きい。

いまの世には、下手をすると大火になりそうな火種がいくつかある。

ひとつは斯波家の内紛だが、伊勢守とともに斯波尾張守が京を去ったから、しばらくは落ち着いているだろう。東国では関東公方の争いが、西国では大内家の動きが火種だが、どちらもいまは下火になっている。

いま天下をゆるがす大火が起きるとすれば、畠山家の内紛だ。

畠山家の先代当主、畠山持国——長年管領をつとめた傑物だった——の正室に子がなかったため、畠山家の家督は持国の弟に継がせる予定であった。

しかし持国には側室、というより遊女に産ませた子がいた。それが右衛門佐である。母の身分が低いため僧侶にするはずだったのに、十二歳になったとき、やはり実の子がかわいかったのか、持国がにわかに心変わりして家督に据えてしまった。

おさまらないのは当主になるはずだった持国の弟で、家臣たちとともに反抗した。持国は反抗する家臣たちを追放するが、家臣たちは逆に右衛門佐を襲撃し、右衛門佐は一時、京から追い出されてしまう。

しかし右衛門佐は意外な力を発揮して逆襲に転じ、最後は反抗する家臣たちを追い払った。そして持国の死により、正式に畠山家の家督を認められた。

それが十年以上前のことであるが、そのあとも争いはつづく。弟の一派は弟の子——畠山次郎政長《まさなが》という——の代になっても反抗をやめなかった。

ここにまた義政の気まぐれが出て、内紛をさらに助長する。

義政は、一度は右衛門佐を畠山家の当主とみとめたものの、右衛門佐が義政の上意と称して政敵を討つなどしたのに腹を立て、右衛門佐から畠山家の家督をとりあげて、家督を争っていた次郎政長に当主となるよう命じたのである。六年前のことだった。

家督を奪われた右衛門佐は、やむなく河内《かわち》へ落ちていった。そして兵をあつめて城に籠もるなど幕命にあらがう姿勢を見せたので、幕府は討伐軍を出した。しかし右衛門佐は頑強に抵抗し、なかなか屈服しない。一時は居城を攻め落とされ、吉野に隠れたりしたものの、家中での勢力と名声は保っていた。

落ちぶれたといっても畠山家は四カ国の守護で、細川、山名に次ぐ勢力がある。そのため勝元は畠山家を味方につけようとし、それまで十数年つとめていた管領職を政長にゆずってやった。これで畠山家は細川家の勢力下におさまり、内紛も落ち着いたかに見えた。

だが三年前に義政は母日野重子の死にともなう大赦で、斯波家の尾張守と同時に、畠山家でも右衛門佐を赦免した。伊勢貞親らが畠山家を細川家の勢力下から奪い、自分の勢力下におこうと画策した結果である。

これをきっかけに右衛門佐が復活し、先月ふたたび挙兵して大和と河内で勢力を増している。

勝元にしてみれば、管領の座までゆずってやって政長の畠山家を自分の傘下におさめたところなので、ここで右衛門佐に出てこられては面白くない。

「右衛門佐、どう動いた」

勝元は、注進にきた家来にたずねた。

「は。大和にては越智、古市《ふるいち》などを味方につけ、成身院《じょうしんいん》らと戦っております。しかも、山名どのらの助けも得ておるようす」

「山名？　それは確かか」

「山名どのから兵糧が届けられているとか。また三年前にご赦免があったときも、陰で山名どのが推したとのこと」

「あのときも、そういううわさはあったが……」

三年前は伊勢貞親らのとりなしで赦免されたのだが、山名も一枚嚙《か》んでいたのか。

「……で、大和ではどちらが勝ちそうなのか」

「それが、いまのところ五分といった形勢で。和議の話も出ておるとか」

「ふむ」

勝元の頭の中で、盤上の駒が動く。

斯波義廉という駒には斯波尾張守をぶつけ、畠山右衛門佐には畠山政長を向き合わせてあった。しかし尾張守は消えて義廉の押さえはなくなり、畠山右衛門佐という凶暴な駒がこちらの陣に向かってきているようだ。

また山名宗全はこちらの持ち駒のつもりでいたが、予想外の動きをしている。

「わかった。これからもよく見張って、わしに知らせてくれ」

そう言って注進にきた者を帰した。

――なあに、右衛門佐が多少暴れようと、所詮は浪人よ。

こちらが本気で兵を出せば抑えられる。たいしたことはあるまいと思う。
それより赤松と斯波尾張守をどうするかと、こちらの駒の行方が勝元は気になってい
た。いずれ赦免を願って京へ呼びよせねばなるまい。宗全が騒がぬようにうまく運ばね
ば。
それと、もうひとつ問題がある。
まだ男児のいない勝元は、世継ぎのために養子をもらっている。
それが山名宗全の子なのである。
これまでは妻と養子をもらうほど、細川家と山名家とは緊密に結びついていたのだが、
最近、どうも宗全の動きが怪しくなっている。となると、ここは考えどころだ。
細川家と対立する家の子を跡継ぎにするなど論外だし、もうすぐ生まれてくる子が男
児なら、もちろんその子を跡継ぎにしたい。そうなると養子を廃することになるが、い
まの養子は勝元の後継者にするとの含みで山名家から来ているので、約束を破ったと宗
全から非難され、対立が激しくなるだろう。
——どうせ約束を破るなら、早めに手を打つにしかず。
そう決心した勝元は、山名家から来ていた養子を寺に送って僧侶にしてしまった。そ
して別に細川家の庶家から養子をとった。
まだ生まれてくる子が男児とは限らないので、養子は必要だった。一族の者なら、こ

れから勝元に男児が生まれても、さほど揉《も》めることもなく廃嫡できると考えたのだ。

これに対して、山名家からは何も言ってこなかった。それがかえって不気味だった。

四

勝元が不穏な動きを察知したのは、十月にはいってからである。

畠山右衛門佐の勢力が河内と大和で優勢となり、政長の勢力が後退していることがはっきりしてきた。

浪人とはいえ、数年にわたって幕府軍と戦って負けなかった実績がある上、山名家の後押しがある。河内と大和の国人たちがその強さをみとめて、味方に加わっているのだ。

これはまずいと思った勝元は、政長を中心とした討伐軍を差しむけることとし、義政の承諾を得た。同時に、こちらの駒である斯波尾張守と赤松政則を、そっと京へ帰還させもした。

だがそののち大和では右衛門佐勢と政長勢のあいだで和議がなったので、勝元は軍勢の派遣を見合わせていた。

世間も合戦をのぞんではいなかったので矛を収めたのだが、あとで考えれば、ここで右衛門佐を押さえ込まなかったのは大きな失策だった。

そうして迎えた年末に、細川家に慶事がおきる。

十二月二十日、勝元の妻が男児を出産したのだ。

「でかした。よくやった！」

これで自分の血を次代につなぐことができる。なかなか他事では味わえない達成感と幸福感につつまれ、勝元は妻とともに喜んだ。

勝元は男児に自分の幼名とおなじく聡明丸《そうめいまる》と名付け、跡取りであることを明確にした。

しかしその数日後、京の町は騒然となった。

畠山右衛門佐が、五千の兵をひきいて上洛してきたのだ。

河内の壺坂寺《つぼさかでら》に布陣しているとの注進はあったが、そこからすぐに上洛するとはまったく意外な動きで、勝元は不意を突かれて動けなかった。男児が生まれて家中が喜びに沸いていたので、注意がそれたこともあるだろう。

「どうした。だれが上洛を許した！」

勝元は内衆にたずねるが、だれも知らない。

「公方さまも管領も、許したようすはありません」

との答えが返ってくる。

「兵を出して防ぎますか」

「いや、それはできぬ」

右衛門佐は管領の畠山政長と敵対している。だが義政がすでに赦免しているので、幕府として表だって上洛を妨害するわけにはいかない。

兵が町中に姿を見せると、幕府の討伐軍を何年もはね返しつづけた精強な軍勢と大将を見ようと、京雀《きようすずめ》たちが道に群がった。

右衛門佐の軍勢は、洛西の千本地蔵院《せんぼんじぞういん》に陣をとる。

対して勝元が支える畠山政長は、自分の屋敷に高矢倉をあげ、堀を深くして守りをかためるばかりだった。天下の管領の職にあるのに、怯えているようで見苦しい姿である。

その上、急ぎ呼びあつめられた政長の兵は、屋敷に籠もる支度ができていないと見えて、町中に出ては商家に押し入り、兵糧にすると言っては米や銭を奪った。そして言うことを聞かない商家に火をつけたりと狼藉をはたらいたから、京の町は騒然となった。

二日ほどして、右衛門佐を呼びよせたのは山名宗全だと判明した。

——宗全どのは、どういうつもりだ。

一応は収まっていた畠山家の内紛の火を、またかき立てようというのか。それは世を乱すことにつながる。すなわち細川家を敵に回すと、わかってやっているのか。

勝元は宗全とは婿舅《むこしゆうと》の間柄であり、敵対しているつもりはなかったが、宗全はそうは思っていないようだ。

僧侶にした宗全の子は、宗全が寺から引っ張り出して還俗させたと聞こえていた。それもこちらには何の断りもない。

宗全、右衛門佐両人の意図をはかりかねているうちに文正《ぶんしよう》元（一四六六）年は暮れ、文正二年の正月を迎えた。

洛中を兵が横行し、畠山家の両人がにらみ合う中、それでも室町第では正月の行事がおこなわれた。

元日には例年、諸大名が御所へ参賀におとずれ、将軍へ饗応《きようおう》をする椀飯《おうばん》の儀がおこなわれる。これは恒例のとおり、管領である畠山政長がつとめた。

まずは平穏に年が明けたのだ。勝元はほっとした。

二日には御成始《おなりはじめ》として、将軍が管領の屋敷を訪問するのが慣例だった。だから畠山政長は屋敷で支度をととのえて御成を待っていた。

だが二日の朝、唐突に御成の中止が告げられ、同時に政長に対し、当面のあいだ出仕を見合わせるよう通達があった。

どうやら政長の兵が兵糧の取り立てや火付けをしたことを咎《とが》めたらしいが、それにしても突然のことだった。

勝元がいぶかしく思っていると、その代わりのように、兵をひきいて上洛していた畠山右衛門佐が、室町第にはいって義政に謁見を果たした。つまり赦免されただけでなく、公然と政界に復帰したのである。

そして退出後に山名宗全の屋敷を訪れたので、宗全が右衛門佐を後援していたことが明白になった。

これを見た世間にはまた落首があらわれた。

右衛門佐いただくものがふたつある　山名が足と御所の盃《さかずき》

勝元はまだ動かなかった。右衛門佐にしろ宗全にしろ、洛中で兵乱を起こす度胸はないと踏んでいたからだ。

――いずれ収まる。騒ぎ立てるのは見苦しい。

騒ぎが収まれば、いままでどおり自分の力で幕府を動かせる、と思っていた。

五日になると、義政と義視が右衛門佐のもと――まだ洛中に屋敷がないので、山名屋敷を借りた形にした――へ御成になった。正月の儀礼の一環としても、いくらかきな臭い動きだった。

多くの大名が陪席したが勝元は出席せず、成り行きを見ていた。

だがここで、勝元が思いもしなかった決定がなされた。

「まことか。ただのうわさではないのか。政長にたしかめたか！」

と勝元は叫ぶことになった。

政長の管領職をとりあげ、斯波義廉をあらたに管領にするというのだ。

同時に畠山家の家督を政長から奪い、右衛門佐に与えるという。

これを伝えた内衆は言った。

「まことにござります。畠山さま方へ御内書があったとか」

政長にも勝元にも、ひと言の相談もなかった。これは義政ひとりの判断のはずがない。

「おのれ、宗全の仕業か」

ここまできては、気づかないわけにはいかない。宗全は勝元の細川家から天下の実権を奪おうとしているのだ。

さらに、山名宗全は御台《みだい》こと富子に取り入っているので、富子が義政に対して、宗全のいうとおり管領をすげ替えるよう進言したとも聞こえてきた。

富子と兄の日野勝光が伊勢貞親と季瓊真蘂にかわり、側近の勢力として台頭してきているようだった。

翌日、政長に畠山屋敷を右衛門佐に明け渡すよう、義政からの下知があった。前日の御成の席上、右衛門佐が「あれはもともとわが屋敷ゆえ、取り返したい」と訴えたのを、義政が軽々と聞き入れたのだ。

「そんなもの、従うにおよばぬ。拒むように伝えよ。あとはこちらで何とかする」

政長から泣きつかれ、勝元はそう言い切った。細川方としても、このまま宗全に押し切られるわけにはいかない。

しかし十一日には新しく管領となった斯波義廉が出仕始、評定始をおこなうなど、宗全の一派は着々と実績を積み重ねてゆく。

「これでは押されるばかりじゃ。なんとか巻き返さねば」

勝元の内衆や味方の大名衆は、こうなれば一戦をと意気込んで進言してくる。しかし勝元は兵を使うことは許さなかった。

「兵を使えば山名の思うつぼよ。やつらは乱をのぞんでおる」

どの大名も京にはさほど兵をおいていない。いま京で最大の兵力は、畠山右衛門佐の五千だろう。味方の大名衆の兵をかきあつめても、五千に届くかどうか。明らかにこちらが不利だ。

しかも右衛門佐はつい先日まで大和や河内で戦っていたし、山名宗全も若いころから幾度も戦場を踏み、ことに嘉吉の乱で、将軍義教を討った赤松家を本国の播磨に攻めたときに大きなはたらきをした。いわば歴戦の勇士である。

対して勝元は、ずっと京で政治の中心にいたため、これまで合戦らしい合戦を経験していない。兵を使えばこの経験の差が出るだろう。慣れぬことはやらないほうがいい。

問題は、将軍家が山名方の言うがままに指示を出していることだ。ここで一度、指示を変えさせねばならない。

「御所に乗りこんで意見をすれば、あの公方さまのことだ。また政長を許すだろうよ」

「しかしこちらが乗りこめば、山名方もだまっておらぬでしょう。騒ぎになりますな」

「十五日には山名屋敷で椀飯がありましょう。そのとき御所に乗りこんではいかが」

椀飯に出るのは義視どので、山名方の大名衆も同席するだろうが、義政は室町第にとどまるようなので、そのときに乗りこめば山名方とぶつかることはない、という。

それがいいということになり、十五日に勝元はじめ京極、赤松ら一同で室町第に乗りこもうとした。

だがどこかから話がもれたらしく、室町第は山名の手兵が取り巻いていた。勝元らはむなしく引きあげるしかなかった。

「公方さまが手遅れなら、義視どのを」

と義視を取り込もうとしたが、やはり山名方が先回りして、義視をも室町第に入れて監視下においてしまった。

五

勝元らがことごとに出遅れているうちに、畠山右衛門佐の手勢が、政長が籠もる畠山屋敷へ十七日朝に押し寄せる、とのうわさが立った。屋敷を明け渡さぬなら実力で奪う、ということのようだ。

「ここに至ってはやむをえぬ。兵をそろえよ」

勝元も覚悟し、手近の兵をあつめて畠山屋敷に送り込もうとした。しかし義政から、

「諸家おのおの合力すべからず。ただ相手向かいの執り合いにして勝負を決すべし」

と命じられてしまった。つまり政長と右衛門佐の私闘と見なすから、他家は手を出すなというのだ。命令に逆らえば幕府の敵となってしまう。これでは動けない。

助勢が来ないと知った政長は、少ない兵では屋敷を守り切れないと考え、十八日の夜明け前に屋敷に火を放ち、雪や霰《あられ》がふる中、兵を引きつれて洛北の上御霊社《かみごりようしや》へ移った。

ここに右衛門佐の軍勢が押し寄せ、昼すぎから戦いがはじまった。

止められていても、武士としては味方をほうってはおけない。勝元は手許の兵をひいて室町第の西に、味方の京極ら諸大名は今出川あたりに陣を敷いた。山名方は備後《びんご》や越前《えちぜん》の軍勢が御所の近くまで迫り、助勢しようとしていた。

上御霊社のある北の方角から、矢声や喊声《かんせい》が流れてくる。

だがここでも義政から「合戦に合力いたさば生害させる」との下知が重ねてあって、軍勢を動かせなくなった。

結局、上御霊社での合戦は一日で終わった。

多勢に無勢で政長の軍勢は打ち負け、兵どもはとなりにある相国寺の藪《やぶ》をくぐって逃

げ散った。

そして政長本人は勝元の細川屋敷へ逃げてきた。ざんばら髪になって悄然《しょうぜん》としている政長に勝元は、

「しばらくはここで息を潜めておりなされ」

と言うしかなかった。

この戦いをうけて翌日、山名宗全と斯波義廉、畠山右衛門佐らが室町第に伺候し、義政に太刀代、馬代を献じて平定を報告した。勝利を宣言したのだ。

勝元は屋敷でこのようすを伝え聞いた。

――負けたのか。

奇妙な戦いではあったが、山名方は勝ち誇っている。そして義政も義視も山名の手中にある以上、幕府への細川家の影響力は消えたも同然になる。

また合戦の前に宗全が、

「右京兆《うけいちょう》（勝元）と政長を討たねば天下は平穏無事になりませぬ」

と義政に迫った、とも聞こえてきた。

宗全にそこまで憎まれていたとは、不覚にもまったく気がついていなかった。

――宗全もわが子がかわいいか。

養子だった宗全の子を僧侶にしたのが、それほど宗全を怒らせたとは、予想外だった。

これまで自分に男児がいなかったため、親の気持ちがわからなかったのかもしれないと気づいたが、もはや手遅れだ。

「いまからでも遅くありませぬ。畠山屋敷に兵を差しむけて、奪い返しましょうぞ」

「このままでは配下の政長どのを見捨てたと、天下の侍どもに思われ、細川家の威信が失われまするぞ。ぜひとも手立てを」

内衆や配下の大名たちは、一戦も辞さずと強硬策を訴えてくる。

天下一の勢力を誇ってきた細川家には、天下を静謐《せいひつ》にたもつ責務があるため、これまでは事件が起きてもできるだけ穏便にすませようとしてきた。それを宗全は勘違いし、こちらを戦う気がないと見ているようだ。だから強く出られるのだ、と内衆は言う。

だが勝元はまだ決心がつかなかった。

いまやほとんどの大名衆は、山名か細川のどちらかに加担している。ここで宗全とことを構えたら、天下をふたつに割っての大合戦になってしまう。京も戦場となり、焼けてしまうだろう。

宗全は、そこまで深刻に考えていないにちがいない。伊勢守たちを追い出したときのように、御所の中の政争ですむと軽く考えているのではないか。

厄介なことになったが、まずは理非に訴えようと、一月の末に配下の京極や赤松ら諸大名をしたがえて室町第に出仕し——兵もつれずに伺候したため、山名方も止められない──、義政に対して宗全と右衛門佐の非を訴えた。管領職を政長にもどすように要求もした。

だが義政は取り合わない。話を終わりまで聞かず、不機嫌になってぷいと勝元の前から立ち去ってしまった。

これで、御所は宗全に取り込まれているとはっきりした。

それでも勝元は兵を起こそうとは思わなかった。細川家の家風として、武力に訴えるのはできるだけ避けたい、との思いがあったためである。

だが勝元の内衆や配下の大名衆は、さかんに反撃を進言してくる。

ひとつには幕府の支配権を失って、領地をめぐる訴訟で細川家の神通力が効かなくなってきたことがある。

それまでは寺社領を押領して訴えられても──在地支配している守護代らにはよくあることだ──、細川家の力で訴えを審理する評定衆を動かし、曖昧《あいまい》な判決を出させることもできた。あるいは判決が出ても、無視を決め込んでしまう手も通じた。

しかし幕府の実権が山名方に移った以上、そうした特権は期待できなくなった。実際に領地を治め、年貢を取りたてている内衆には、痛すぎる変化だった。だから早くもとどおり細川家が実権をにぎるようにと、勝元を突き上げてくるのだ。

──うるさいやつらだ。

味方といえど、時に内衆の相手をするのがわずらわしくなる。

勝元は、屋敷の奥で過ごすことが多くなった。

「もう、いい加減にまつりごとにも飽きた。出家遁世《とんせい》して静かに余生を過ごしたら、どんなにせいせいするかと思うわい」

妻にそんな愚痴もこぼした。

「静かな山の中の寺で一日中座禅をしてな、雑念を払ってゆくのじゃ。頭の中を空にしたら、どんなに清々《すがすが》しいことか。寺に住む坊主どもがうらやましゅうてならぬ。ここらで出家するか」

これは本心である。なにしろ十六歳から管領をつとめてきたのだ。まつりごとの醜悪な面もいやというほど見てきた。疲れ果てて愛想が尽きても不思議ではない。

妻は、そんな勝元を微笑《ほほえ》みながら見ている。山名家の娘だが、細川家が山名家と衝突したいまでも、

「嫁に入った以上、細川家の者になりました。実家と合戦になろうと、あなたについてゆきまする」

とうれしいことを言ってくれている。

「でも、いきなり出家すると言い出しても、内衆や与力の大名衆が納得しないのではありませぬか」

と妻は言う。勝元は寂しく笑った。

「あのようなやつら、かまうものか。わしを慕ってあつまってきておるのではない。ただ細川家の力がほしくて群れておるだけよ」

まったく、内衆など年貢をむさぼる飢えた狼《おおかみ》の群れだ。その狼の群れに担がれているのが自分だと思うと、情けなくなる。

「あら、泣いてる」

と妻は立ち上がった。昨年暮れに生まれた赤子が昼寝から目覚めたようだ。

白い産着につつまれた赤子を抱いて、妻がもどってきた。

「丈夫に育っておりまする。泣き声も力強くて、乳もよく飲んでおります」

と言って勝元に見せる。

赤子は丸々とした顔で、軽く握った小さな手を振りつつ泣いている。

——この子も因果なことじゃ。

細川宗家の嫡男と生まれたからには、長ずれば自分とおなじ苦悩を味わうのだ。

いっそ自分の代で終わらせてやるか……。

しばらく見ていると、赤子と目があった。

澄んだ瞳で、じっとこちらを見詰めてくる。

何がおもしろいのか、あはあ、と声を出して笑った。

「機嫌がよくなったようですわ」

妻が楽しそうに言う。勝元も穏やかな気持ちになった。胸の中にあたたかいものが湧き上がってくるのがわかる。同時に考えも変わってきた。

――やはり、こいつに継がせてやらねば。

細川宗家の当主は苦悩ばかりでなく、日本一の権勢と栄華をも継ぐ。当主となれば天下を手にできるのだ。

それをこの子に味わわせてやりたい。

「そうだな。やはりここは踏ん張らねばな。この子のためにもな」

「ああ、ほんに、そうなされませ」

ふと思った。畠山家も斯波家も、こうした当主の思いがこじれて内紛に至ったのだろうと。遊女に産ませた子を当主にした畠山持国を、笑えないではないか。もっと冷静になったほうがいいのではないか。

だがそんな思いは、赤子の笑顔の前では一瞬で消える。理屈ではない。わが子に栄華を与えよと、父祖から受け継いだ血が命じるのだ。

「いや、ちと気迷いしておったようだ。そなたと話してよかった」

奥から出たときにはすでに、どの駒を動かすのか、どこへ手を打つのか、と考えをめぐらせていた。

上御霊社の合戦で洛中がざわついた春が去り、梅雨も過ぎようとしている五月二十七日の夕刻――。

勝元は赤糸縅《あかいとおどし》の具足姿で、室町第の四足門の内にすえた床几《しょうぎ》に腰掛けていた。

曇り空の下、ときおり西の方から喊声や鬨《とき》の声が聞こえてくる。

四足門の外は、鎧兜《よろいかぶと》をまとった勝元の馬廻《うままわ》り衆四、五千がかためている。

「申し上げます。正実坊《しょうじつぼう》では成身院《じょうしんいん》どのが、畠山内衆の甲斐庄《かいのしょう》、斯波内衆の朝倉《あさくら》と手合わせし、押し返しております」

「一条大宮の備中守どのの屋敷には、和泉《いずみ》衆、尾張衆などが攻めかけ、屋敷の手勢が防戦につとめております」

つぎつぎに伝令の兵がきては、戦いのようすを報告する。

この日、夜明けとともに勝元は兵を挙げた。

万全の備えをしてきた味方の兵は、あらかじめ定めた手立てのとおり、室町第をふくむ洛北の東側一帯を占拠した。

山名方への反攻を決意してから、勝元は勝つための手立てを入念に練り上げ、手を打ってきた。

一族と味方の諸大名に対し、領国で挙兵の支度をするよう、ひそかに命じた。そして領国の近くの山名方の所領へ攻め込む人数と、京へのぼせる人数を指示した。

何千、何万という兵を動員しようと思えば、ひと月やふた月はどうしてもかかる。勝元は用意が調うまでじっと動きをひそめていた。

三月五日、朝廷は改元をし、年号は「応仁《おうにん》」となった。正月の上御霊社での兵乱を忌み、平和を願ってのことだった。

これを聞いた勝元は、皮肉なことだと思うばかりだった。本当の兵乱は、これから始まるのだから。

諸大名の支度が調ったのは、五月に入ってからである。

五月十日、赤松家の人数《にんず》が山名宗全の領国の播磨へ、斯波義廉の領国である越前に斯波義敏が、それぞれ攻め入った。

これを皮切りに、細川方の諸大名は京の屋敷の堀を深く土塁を高くし、さらにその領国の兵を呼びよせた。

二十日ごろになって異常に気づいた山名方は、あわてて兵をあつめはじめたが、遅きに失していた。上御霊の合戦で勝ち誇った山名勢は、京にあつめていた兵をすでに領国に返してしまっていた。いま京にいる山名方の兵は少なく、今朝の挙兵では細川方が楽々と狙った場所を占拠することができた。

正月の騒動のときには、山名方に室町第を囲まれ、義政と義視を取り込まれてしまった。その苦い経験から、兵を挙げるにあたってまず室町第とその周辺を押さえたのである。

室町第の正面には一色家の屋敷がある。一色家は山名方についているので、勝元配下の大名衆が夜明けとともに急襲し、焼き払った。当主の一色義直《よしなお》は、襲撃の直前に逃げ出していた。

さらに洛北の西側をながれる小川《こかわ》を越え、正実坊という土倉《どそう》の館まで攻めとった。正実坊のすぐ西には、山名宗全の屋敷がある。いまや山名屋敷は数千の兵に囲まれ、攻められている。狙いは屋敷の中の、宗全の首。

そうしておいて勝元は、鎧をまとったまま殿中に伺候し、義政に謁見した。義政から山名追討の御内書をもらおうと思っていたのだが、義政は不機嫌で、兵乱を起こした勝元をなじり、書状をもらうことはできなかった。ただ、このまま細川方に警固されることには同意した。

ともあれ将軍を掌中の玉とするのに成功したのだ。

いま殿中からもどって、戦況を聞いたところだった。山名方は人数が少ないのに、必死で戦っているようだ。

「一気に山名屋敷まで攻め入れぬか」

「それはまだ、とても」

小川と堀川を濠《ほり》がわりにして、山名方は守りをかため、奮戦しているという。

「長引かせては面倒じゃ。一気に攻め落とせ。兵が足りねば、わしが馬廻り衆をひきいて出向くぞ」

指示を出した勝元は、床几に腰掛けたまま空を見上げた。

暮れかかり色褪《いろあ》せた空に、黒煙が何本もあがっている。京のあちこちが燃えているのだ。

ふと思った。

戦っているいまの自分は、ひとつの駒になっているのではないか。

これまでは常に将棋を指す者として盤面を見渡し、どの駒をどう動かそうかと考えていた。合戦は駒同士のぶつかり合いであり、指図をすれば始まり、止めようと思えばいつでも止められると思っていた。

だが駒となったせいか、いまはもう、自分がどう動くかで頭がいっぱいだ。盤上がどうなっているのかも、よくわからない。これはいいことではない。

いや、それより……。

自分が駒なら、指し手は誰なのか。

義政か。ちがう。あの男にそんな力はない。

では義視か。いや、あれはただの操り人形だ。御台の富子？　まさか。

ならばだれだ……。いったい、だれがこの将棋を指しているのだ。

敵は山名宗全だが、それも本当はあやしい。宗全を倒したところで、斯波義廉や畠山右衛門佐などが立ち向かってくるだろう。宗全とて駒のひとつだ。

そこまで考えて、はっと気がついた。だれが指しているのでもないとなると……。

天狗か？　天狗の仕業なのか？

一昨年の秋、夜空を轟音《ごうおん》とともに飛び去った流星が、脳裏によみがえる。あれはやはり天狗があらわれた合図だったのか。

一瞬、怖気《おぞけ》を震ったが、まさかそんなことはあり得ないし、考えてはならないと思い直した。怪力乱神を語るなとは、古くからの戒めではないか。

だが、なにか姿の見えない強大なものに操られているようで、不気味でならない。

あたりは薄暗くなってゆくが、立ちのぼる黒煙と兵どもの喊声は、絶えるどころか盛んになってゆくばかりだ。

駒というのはこれほど不安に苛《さいな》まれるものかと思いつつ、勝元はなにかを見つけようと空を見上げつづけた。

天魔の所業、もっての外なり

一

応仁の大乱がはじまって六年目の正月を、西軍の大将、山名宗全は都の自邸でむかえた。

その屋敷は洛北《らくほく》の五辻小路《いつつじこうじ》に面しており、東にある堀川から西の猪熊《いのくま》小路まで東西七十五間、南北もほぼおなじ幅の広大な敷地をもつ。堀と土塁に囲まれた中に、母屋を中心として大広間のある会所や持仏堂、台所に下人長屋など、多くの建物が建っている。

それだけに人も多いが、正月といってもめでたい顔をした者などどこにもいない。椀《おう》飯《ばん》などの行事もなく、甲冑《かっちゅう》をまとい矢を負った兵が行きかっているので、屋敷内は革と鉄の臭いに満ちている。

その日の昼下がり、母屋の御座の間で宗全は、家老である垣屋越前《かきやえちぜん》の報告を聞いていた。

「さようか。当たり前じゃろうな。むこうも困っておろうしな」

宗全はうなずいた。

「は。これ以上戦ったとてだれも喜ばぬと、細川右京どのも苦々しく思し召《おぼめ》しておらるとか」

四十半ばの垣屋越前は、厚い唇をなめつつ告げた。宗全の命を受けて東軍の大将、細川右京大夫勝元の内衆《うちしゅう》にひそかに会い、和議の打診をしてきたのだ。

「されば、われらも動くか」

「それがよろしかろうと存じまする」

大柄で血の気が多く、いつも赤ら顔のため赤入道とよばれている宗全は、十八歳で初陣をかざってから多武峰《とうのみね》攻略、嘉吉の乱からの赤松討伐などで勇名を馳《は》せた。戦場では生涯一度も引けをとったことがないと豪語している。六十九歳となったいま、さすがに往年の体力はないものの、向こう気の強さは衰えていない。

「そのほう、諸大名どもに手配りせよ。細川方のようすを知らせた上で、明日の昼すぎに大広間にあつまれと告げるがよい。和議をどうするか、談合するぞ」

「かしこまってござりまする」

垣屋越前が一礼して目の前から去ると、宗全はその場でしばらく考え込んでいたが、やがて近習をよび、その肩にすがって立ち上がった。

「高櫓《たかやぐら》にのぼるぞ。手伝え」

若い近習はおどろいた顔をしたが、宗全が真顔なのを見てとると、

「お気をつけなされませ」

と言って宗全の体をささえ、庭へ出た。

二年前に宗全は中風で倒れ、右半身が痺《しび》れて動かなくなるという不運に見舞われていた。いまはかなり回復しており、字も書けるまでになっているが、それでも右足には力が入らず、軽く引きずるようにして歩いている。

広い庭の一角にある高櫓は、母屋の桧皮葺《ひわだぶき》の大屋根よりも高い。ここから敵を見張るだけでなく、攻めてくれば矢をはなち、石を投げつけて屋敷をまもるようになっている。登るためのはしごがついているが、滑車と縄で引き揚げる籠もある。宗全は籠に入り、兵たちを大勢よびあつめて縄を引かせ、天辺《てっぺん》へ昇った。

「よい。楽にしておれ。ただ都を眺めたいだけじゃ」

総大将が昇ってきたのであわてている見張りの兵たちを鎮めておいて、宗全は四方を見晴らした。

空には雲ひとつなく、おだやかな陽光が地に降りそそいでいる。しかし眼下の光景はうら寂しいかぎりだった。

宗全の屋敷は西軍の本陣であっただけに、まわりに広く深い堀をほり土塁をかきあげ、また大軍にまもられている。そのため戦火から逃れたが、それでも数年前には屋敷の中まで東軍の兵が押し寄せ、宗全はみずから甲冑に身をつつんで敵兵と対峙《たいじ》したほどだった。

近くに軒をつらねていた屋敷や商家は、そのとき多くが焼かれて消え失《う》せていた。

いや、宗全の屋敷のまわりだけではない。華やかだった都の町並みは、足軽たちに焼き払われて大半が灰燼《かいじん》に帰してしまっていた。

東のほうを見れば、二、三町むこうにあった一色邸や伊勢邸は跡形もない。その少し東、相国寺の大伽藍《だいがらん》があったあたりは冬枯れた野原になっている。応仁元（一四六七）年冬にそこで激しい合戦があり、伽藍がすべて焼け落ちたのだ。

そして近くにある将軍の御座所、花の御所こと室町第も、そのときの兵火でいくつかの建物が焼失した。だがさすがに両軍とも御所を焼いてはまずいと考えたのだろう、それ以上は焼けず、将軍たちはいまもそこで暮らしている。

右方に目を転ずれば、北小路からずっと二条大路あたりまで見通せる。土塀で囲まれた中に大きな屋根がのぞく内裏など、ところどころに屋敷が焼け残っているほかは、焼け出された者が建てた掘っ立て小屋と陣幕をめぐらした軍勢の仮陣以外、野原か畑になっているからだ。

いま内裏に人はいない。今上天皇をはじめ内裏に住まう人々は、室町第へ避難している。空き家になった内裏の周辺は畑となり、麦が芽を出していた。

二条大路より南にはいくらか町並みが残っているが、町人たちは堀と柵をめぐらした町の囲いの中に閉じこもって身をまもっている。そして野原となった昔の町のそこかしこには、兵たちが仮陣をもうけて居すわっていた。

宗全の屋敷より西側も、建物はかぞえるほどで、数町はなれた千本釈迦堂《せんぼんしゃかどう》が近々と見えるほどだ。

すべて兵火で焼き払われたのである。

そしていまも洛中洛外には、合わせて数万の軍勢が駐屯している。

東側には細川勝元を大将とする軍勢が陣どり、西には山名宗全を大将とあおぐ大名たちが陣を敷いていた。そのため都の者たちは細川方を東軍とか東陣とよび、山名勢を西軍とか西陣とよんでいる。

激しいいくさはもう、洛中では見られない。残った屋敷が城塞化して攻めにくくなっているのもあるが、それよりもみなが合戦に倦《う》んでしまっているのだ。

この一乱はあまりに長くなりすぎ、また広がりすぎてしまった……。

「こんなところで、何をしておられるので」

考えにふけっていたところにいきなり声をかけられて、宗全は思わずふり向いた。

「みなが心配しておりまする。御大将に万が一のことがあってはと」

孫の政豊《まさとよ》だった。宗全のあとについて登ってきたようだ。数年前に亡くなった長男、教豊《のりとよ》の長子で、すでに三十をすぎ、武将として一人前になっている。家中の信頼も厚い。

「いや、敵と世間の動きを見たくてな」

つい顔がほころんだ。宗全も孫にはあまい。

「京も、みすぼらしくなったものだわい」

「はあ、おおせの通り、焼け野原が広がっておりまするな」

「無理もないわ。あまりに長すぎた」

宗全の思いは過去に飛ぶ。

この大乱のきっかけとなった合戦は、文正《ぶんしょう》二（一四六七）年一月に、相国寺の北にある上御霊社で起きた。管領《かんれい》家である畠山家の家督をめぐる内紛だった。

畠山一族の中での私闘とされたが、内実は当代の実力者である宗全と細川勝元との代理戦争だった。

宗全は但馬《たじま》や播磨など四カ国を領し、一族を合わせれば九カ国を支配している。大軍勢をやしなっているうえに娘や養女を諸大名の妻に配して人脈をつくり、幕府を動かせるほどの力をたくわえていた。

対して細川勝元は、代々管領を輩出する細川家の長である。細川一族は八カ国を支配し、また幕府の役職人事も左右していた。

「大名の頭《かしら》」として大きな力をもつふたりが、この合戦をきっかけに敵味方に分かれたのである。

上御霊社では日暮れ近くに戦いがはじまり、明け方まで戦った。宗全が支援した畠山右衛門佐の軍勢が優勢となり、一方の大将だった畠山政長は陣を捨てて細川勝元の屋敷へ逃げ込んだ。まずは宗全の勝ちである。

この機に宗全は軍勢を派遣して将軍義政も自軍の中にとりこみ、管領職にも味方の斯波義廉をすえた。宗全が天下の実権をにぎったかと思われた。

だが細川勝元はあきらめていなかった。

上御霊社での負けには隠忍自重して動かず、頼りないと非難されるほどだったが、裏でひそかに諸国に指令を出して軍勢をあつめると、三月に応仁と改元されたその年の五月、宗全一派の大名、一色義直の屋敷に攻めかけたのだ。

油断していた宗全は、勝元の速い動きに応じられずに押された。味方大名の屋敷を焼かれ、花の御所も勝元の軍勢に囲まれて、将軍義政の一族も勝元らに奪われてしまった。

宗全一派も、細川一族の上総介勝久《かつひさ》、讃岐守成之《さぬきのかみしげゆき》の屋敷を焼き討ちするなど抗戦したものの、準備不足ゆえに分の悪さは隠せない。

六月にはいってから勝元らが将軍の牙旗をかかげて攻勢に出ると、賊軍とされるのをおそれて宗全一派から投降しようとする者も出る始末だった。斯波義廉の屋敷も攻められ、宗全一派は大きくゆさぶられた。

この戦いで京の町は、北は御霊の辻から南は二条大路まで、西は大舎人町《おおどねりまち》から東は室町小路まで、兵の付け火やもらい火できれいに焼けてしまった。

劣勢に立たされた宗全だったが、それでも強気の姿勢をくずさなかった。

兵力をあつめるのが先決と、諸国に兵をのぼせるよう檄《げき》を飛ばし、戦力の増強につとめた。しばらくすると大和や紀伊《きい》など近国から援軍が到着しはじめ、宗全一派の西軍は勝元一派を押し返しはじめる。

そして八月の末には、宗全の養女の子である大内政弘《まさひろ》が、周防《すおう》から中国四国の大軍勢をひきいて上洛し、船岡山《ふなおかやま》に布陣。兵力では勝元一派の東軍を宗全の西軍が圧倒するようになった。

九月には南禅寺山で、十月には相国寺で戦いが起こり、いずれも激戦となった。勝敗は明確ではなかったが、宗全は手応えを感じ、合戦なら負けないと自信を深めていった。

しかし将軍と朝廷をおさえている勝元らは、武力ばかりが戦いではないと、別の手を打ってきた。後花園《ごはなぞの》法皇が宗全の追討を命じる治罰の院宣を出したのだ。

これによって宗全は朝敵となってしまい、西軍は不利な立場に立たされた。

といっても名目だけのことで、宗全は自信満々のままだった。

合戦がはじまった応仁元年は、まだ洛中だけの戦いにとどまっていたが、翌年になると東山、鳥羽《とば》、山科《やましな》など京の周辺まで戦火はひろがっていった。

骨皮道賢《ほねがわどうけん》など疾足《しっそく》とか足軽と呼ばれる者たちがのさばりはじめ、戦術として火付けや強奪が繰り返されるようになったのも、このころからである。

一年以上も戦ったが、どちらも決定的な勝ちをおさめることができず、京の戦火は自然と下火になった。一方で山城、摂津《せっつ》、丹波《たんば》など京の周辺で戦闘が激しくなっていった。また京に軍勢をのぼせている大名を牽制《けんせい》しようと、宗全、勝元とも互いに諸国での叛《はん》乱《らん》や隣国への攻撃をうながしたので、地方の戦いがはじまった。

領国で叛乱を起こされた諸大名が兵をひきいて下国し、京周辺の兵は減ったが、諸国での合戦はしだいに熾烈《しれつ》になっていった。

戦火が下火になった京では、政治的な動きが活発になる。応仁二年十一月、宗全は足利義視を新将軍として自陣に迎え入れた。

義視は乱がはじまったころは勝元に与《くみ》しており、義政や義尚《よしひさ》と同居していたが、自分を暗殺しようとした伊勢貞親が義政の招きで逃亡先から復帰したのをきらい、応仁元年の秋に京を出奔していた。そして一年ほど伊勢国にいたが、勝元や義政に説得されて応仁二年九月、京にもどった。

しかし京では義尚擁立の動きが強くなり、勝元にも出家をすすめられて居所をなくした義視は、再度出奔して比叡山に逃れた。

これを知った宗全が比叡山に使者を発して、義視を将軍として自陣に迎え入れたのである。これで宗全の西軍も将軍御内書《ごないしょ》を出せるようになり、名目上でも不利な立場から挽回していた。

　そうしていま、京では大兵を擁してのにらみ合いがつづき、諸国ではあちこちで合戦となって、兵火はおさまらずにいる。

　また昨年の秋から疱瘡《ほうそう》としゃくり（赤痢）が流行し、何百何千という人々が死んでいった。主上《しゅしょう》も疱瘡にかかり、平癒の祈禱《きとう》がおこなわれた。御所の義政や富子も腹を下して寝込んだとうわさに聞く。

　こうした疫病の流行も、厭戦《えんせん》気分が広まる一因となっている。

「なぜこんなに長く、大きな合戦になってしまったのかと、世間では不思議に思っているようで。どう考えても、これほど大きな騒ぎになった理由が見つからないとか」

　政豊の言葉に、宗全は苦笑した。

　無理もない。一方の大将である宗全でさえ、これほどの大乱になるとは思っていなかったのだから。

「これは天魔の所業だと、誰かが申しておりました。だから誰も止められず、長々と合戦がつづいているのだと」

「天魔だと？」

「はあ。乱が起こる前に、大きな流れ星が飛びましたな。あれで天魔が地上に降りてきたのだとか」

宗全は今度は声をあげて笑った。

「なにが天魔なものか。思惑ちがいで合戦が大きく広がってしもうたが、所詮は人がはじめたことじゃ。止められぬはずがあるまい」

とにかく、このむなしい戦いを止めなければならない。

「もし邪魔をする天魔がいたら、この手でねじ伏せてやるまでよ」

二

翌日、二十四畳敷の大広間にあつまった諸大名衆を前にして、宗全は合戦を止めて和議にもちこみたいと提案した。

真っ先に同意したのは、山名一族の相模守教之《のりゆき》、おなじく因幡守政清《まさきよ》、宗全の孫の政豊らである。

「もはや戦ったとて、得るものも多くはありますまい。領国も心配なれば、和議をむすび兵をひくこと、もっともと存ずる」

一番年かさの教之が代表して言上する。山名一族だけで西軍の軍勢の三分の一をしめているから、この言葉は重い。

「和議はさることながら、領国はどうなりましょうかな。大乱がはじまる前といまでは、国許《くにもと》のようすも変わっておりましょう」

　というのは、長門《ながと》周防など数カ国を領する西国の雄、大内政弘である。宗全の養女を母としているだけに、義祖父の応援にと応仁元年に大軍をひきいて上洛し、西軍の主力として戦ってきたが、留守のあいだに国許で叛乱が起きて、一時は帰国を考えもした。まずは領国が保全されるか、不安なのだろう。

「知れたこと。領国はこの大乱のはじまる前にもどす。その上で公方さまにより、咎《とが》ある者からは取りあげ、恩賞として与えるべき者には与えることになろう」

　宗全は言った。原則として乱による領国の改変は認めないとしないと、大名たちがおさまらない。

　じつは宗全の領国も、また危機に瀕《ひん》していた。播磨と備前、美作《みまさか》が旧守護家である赤松家によって侵食されているのだ。これは乱以前の姿にもどさねばならない。

「もっともな話にござる。それであれば御敵と和議をなすこと、異議はござらん」

　大内政弘は納得したようだ。

「矛をおさめ兵をひくには、名分が要りましょう。それはいかがで」

　というのは斯波義廉だった。

「まずは畠山の家督。右衛門佐どののものとならねば、納得できぬ。わが斯波の家督もそれがしに認めてもらわねば。その上で管領はどちらがなるのか。その点を明確にした上で和議を結ぶのであれば、異論はないが」

となりにすわった畠山右衛門佐――上御霊社で同族の政長と戦い、勝利を得た男――もうなずいている。

斯波家は義廉と尾張守が、畠山家は右衛門佐と政長とが、それぞれ西軍と東軍にわかれて家督争いをつづけている。自分たちが宗家の家督を継ぐのであればよし、そうでなければ和議などもっての外、戦いをつづけるというのだ。

一族の宗家の家督を継ぐかどうかは、武士にとって生きるか死ぬかの大問題である。源平のころまでは、兄弟で領地を分けて相続することも多かった。だがいまでは、家督を継ぐひとりが父の遺領をすべて相続するのがふつうになっている。

つまり家督を継いだ者があるじとなり、継がなかった者は家来になるしかない。命ずる者と命じられる者という天と地の差が生ずる。だから兄弟の争いが絶えなかった。

「うけたまわってござる。ほかには、いかがかな」

斯波、畠山の家督争いは、どちらかが死ぬまで棚上げにしておくしかないと思いつつ、宗全は結論を急いだ。

ちらりと一族の席を見ると、宗全の息子の時豊《ときとよ》がなにか言いたそうにしている。

――こら、余計なことを言うな。

宗全は視線を飛ばして押さえつけた。

山名家も、跡取り騒ぎは他人事《ひとごと》ではない。宗全自身も兄弟の争いを経験していた。

宗全は三男として生まれたが、長兄が若くして病死、次兄は時の将軍に疎《うと》まれたため、山名宗家の家督を継ぐことになった。のちにこれを不服とした次兄が領国で叛乱を起こしたので、宗全は軍勢を送って次兄を攻め殺している。

そののち宗全は一度、長男の教豊に家督をゆずって隠居したが、応仁の乱がはじまってすぐ、教豊が病死してしまった。そこで宗全は家督に復帰したのだ。

宗全は七男三女にめぐまれたが、長男以下もみな夭折《ようせつ》するか他家へ養子に行き、あるいは次男の是豊《これとよ》のように父を裏切って東軍につき、いま手許に残っているのは時豊と、細川勝元の養子からもどってきた豊久《とよひさ》だけだ。だが時豊は小柄で病弱なせいか、合戦で手柄をたてたこともない。内衆たちの評判もよくないし、年齢も孫の政豊とかわらない。

そんな中で時豊が、なにを口出ししようとしているのか。

宗全の視線を感じたのか、時豊は下を向いた。

ほかに異論は出なかった。みな長い戦いに疲れ果てていて、不満はあっても合戦を止めたいのは山々のようだ。

「されば、さっそく細川方へ話を通ずるとしよう」

強引に話をまとめて大名たちを帰すと、翌日、垣屋越前ら家老衆五人を、正式な和議の使者として細川勝元の陣へ送った。

——やつも拒みはすまい。

宗全には勝元の反応が読めている。勝元は沈着冷静で、物事を感情に流されずに判断できる男だ。いまなら和議を受け入れるだろう。

　なにしろ勝元は宗全の婿であり、大乱が起こる前までは協力して政敵にあたってもいた。本来、宗全と勝元は、敵味方になる間柄ではなかったのである。

もちろん、ふたりのあいだに確執がなかったわけではない。

勝元には長いあいだ実子がなかったので、宗全の息子豊久を養子とし、跡目を継がせる約束をしていた。ところがその後、勝元に実子ができたので、豊久を廃嫡して出家させてしまった。宗全はそれを恨みに思っている、と世間では囃《はや》すのだ。

しかし宗全は、その件に関して強いわだかまりをもっているわけではない。

たしかに一時は勝元の不誠実さを怒ったが、いまではおさまっている。というのはその実子は勝元の正妻である宗全の養女が産んだ子なので、この子が跡取りとなれば宗全の面目は立つのだ。

それより気がかりなのは、勝元の周囲の反応だ。大将とて、従えている諸大名の言い分を無視してことをすすめられるものではない。和議に強硬に反対する者がいれば、話はどう転ぶかわからない。

いらいらして待つうちに、夕刻近くになってようやく五人が帰ってきた。

「苦労であった。どうであったか」

「まず、話は通じたと思われまする」

垣屋越前は疲れた顔で告げる。

「いろいろ言う者がいて揉《も》めはしましたが、細川方も考えはほぼおなじのようで、最後には勝元どのがわれらの話に同意してござる」

「おお、でかした。それでよい」

あとはこまかい条件を詰めるだけだ。峠は越えたと思えた。

しかしいざ和議の条件を整えるとなると、これが容易ではなかった。

「このままでは兵は引けませぬぞ。恩賞をいただく約束をしてもらわねば」

「それがしが家督を継ぐとの、公方さまの許しを得ねば、ここまで戦った甲斐《かい》がありませぬ。なにとぞご勘案を」

と、西軍の中でも諸大名がいっせいに声をあげたのだ。みないくさに倦み、和議そのものには賛成だが、こと自分の利害が侵される事態となれば話は別で、戦いをつづけるという。

やむを得ず垣屋越前らが説得に走りまわる羽目になった。

そんな騒ぎの中、時豊が思い詰めた顔で宗全の前にあらわれた。

「父上、申し上げたきことがござりまする」

「なんじゃ」

「わが家の家督のことでござりまする」

きたか、と思った。

いまや家中は、一代飛ばして嫡孫の政豊が家督を継ぐことでほぼ合意ができている。

時豊では家中がおさまらないだろう。

「家督なら、わしが決める。そなたが口をはさむことではない」

ぴしりと言ってやった。

「いえ、口をはさむなどと……」

時豊はそれだけで顔を赤くしている。

「わかったら下がれ。いまはそれどころではないわ」

時豊はなにか言いたそうにしつつも、一礼して消えた。

その後、垣屋らが諸大名衆と和議の条件を調整するが、なかなかまとまらずに日数ばかりがすぎていった。

——そもそも、なぜこんな大いくさになってしまったのか。

あらためて考えてみると、宗全にも確たる理由が見えてこない。

最初は畠山家の家督争いだった。だがそれは上御霊社の戦いで決着がついたはずだ。

その後の数々の戦いはなんのためだったのか。

畠山家中の争いに、ほかの大名衆が加わる必要はない。なのに諸大名は、両畠山より懸命に戦ってきた。

もちろん、諸大名それぞれに戦わねばならぬ理由はある。

たとえば当初から東軍の主戦力である赤松家にとっては、今回の大乱は願ってもない機会だった。

赤松家は、三十年ほど前に当主の満祐が当時の将軍足利義教を謀殺したため、幕府の軍勢に攻め滅ぼされていた。そのとき幕府勢の中心として赤松家を攻めたのが宗全で、その褒賞として赤松家の領国だった播磨、備前、美作が山名家に下されていた。

そののち赤松家は、長年にわたってお家復興を幕府にはたらきかけ、少し前にようやく赦免されて加賀《かが》半国の領地を得ていた。だが旧領の播磨など三カ国は山名家が押さえているため、手が出せない。

そこにこの大乱が起こったのである。赤松家は京で宗全を倒そうと奮戦する一方、旧領の播磨など三カ国でも兵を起こし、山名勢を追い払おうとしている。

美濃では戦いを繰り返したあげく、守護の土岐《とき》家をおさえて、守護代の斎藤持是院《さいとうじぜいん》という者が実権を握るようになっている。

また備後では大内家の内紛が起こり、山名家でも次男の是豊が宗全に逆らって東軍について戦っている。是豊は東軍が勝てば山名家の当主におさまるつもりだろう。

京で戦っているあいだに領国を家来の守護代に横領されたり、隣国から侵略されたりした大名も多い。

斯波氏の領国だった越前など、守護代の朝倉孝景《あさくらたかかげ》が兵をひきいて上洛し、当初は西軍の一員として戦っていたのに、その朝倉孝景は、味方すれば越前の守護にしてやると東軍から誘われて、あろうことか昨年、あるじの斯波義廉と西軍をあっさりとうらぎってくれた。

いまや越前は名実ともに東軍の朝倉領になっており、また西軍は兵力的に不利な立場に立たされることになった。

もともと領地や家督をめぐる不平不満が、諸国の大名や内衆のあいだで積み上がっていたところに、宗全と勝元が戦いをはじめたため、便乗して不満を実力で解消しようとする輩《やから》が続出したのだ。枯れた柴《しば》の山にふたりが火をつけたようなもので、合戦の火の手はとめどなく広がっていった。

大名の事情ばかりではない。将軍家でも義政の意向で、弟の義視に将軍位を継がせようとしていたところに実子の義尚が生まれたため、家督争いが起きている。

宗全は義尚の母富子の頼みで義尚を後押ししていたが、正直な話、どちらが将軍になってもかまわないと思っていた。肝心なのは、将軍が自分の手駒になってくれるかどうかだ。

だから当初は義尚を後押ししていたが、途中からそうもしていられなくなった。義尚も母の富子も義政とともに室町第にいたのだが、東軍が室町第を押さえてしまったので、こちらの手駒になるどころか、敵になってしまったのである。そうなると義尚を推す意味がなくなってしまう。

そののち室町第を逃げ出した義視が比叡山に入ったので、使いを出して西軍に迎え入れ、将軍に推戴した。このときは義視が手駒になったわけだ。

だがすぐに、名目などむなしいとわかった。もはや将軍の言うことなど、だれも聞かなくなっていたのだ。

将軍義政や富子は室町第にいて、乱を止めようとするでもなく、合戦の最中でも酒宴に興じたり、観世大夫——音阿弥の子——をよんで猿楽をもよおしたりして遊び暮らしているという。

命がけで戦っている者たちが、そんな将軍の命令など聞くはずもない。ましてあちこちにふらつき、お飾りであることが見え見えの義視など、だれも尊重しない。

いま必要なのは、力である。相手をねじ伏せて、こちらのいうことを聞かせる力。すなわち兵力だ。だから自分と勝元が一致すれば、なんでもできる。この大乱も、止められぬはずがない。

三

だが、和議はすすまなかった。

細川勝元からの返答はぐずぐずと遅れ、半月たってもなにも言ってこない。そのうちに、東軍内部でかなり揉めているとのうわさが流れてきた。領国を乱のはじまる前にもどすという案に、赤松家が強く反対しているという。播磨など旧領三カ国をどうしても得るつもりのようだ。

「そんな話、通るはずもあるまい」

報告にきた垣屋越前に、宗全は不機嫌な声を出した。

「されど、赤松家は東軍の柱ゆえ無視するわけにもゆかず、細川どのは困っておるとか」

「大将のいうことを聞けぬと申すか」

「どうやらそのようで。ほかにも文句を言う者が大勢いて、難渋しておるそうな」

配下の大名衆を押さえ込めぬようでは、勝元の器量も知れたものだと思ったが、和議がすすまぬのではこちらも困る。

「赤松など成敗せよ、なんならこちらも手を貸す、と勝元に申せ」

「は。しかし、それよりも……」

垣屋越前は声をひそめた。

「お味方の中にも、不満を申す者が多くて」

「それはわかっておる。何とか押さえ込め」

「このまま乱が終わっては、軍勢を使った甲斐がない、和議の前になんとしても成果を得ねばならぬと、近々もうひと合戦をたくらんでいるようで」

それでは和議もなにもあったものではない。泥沼の合戦にもどるつもりか。

「痴《し》れ者が！　だれじゃ。成敗してくれる」

宗全の顔がいっそう赤くなる。大将の言うことを聞かぬ者は、軍陣の作法により始末するしかない。

「大名衆はみな、いくさを好んでいるわけではありませぬが、内衆に突きあげられて、引くに引けぬようで」

あるじが領国を失えば、内衆も領地や代官の職を失うから、必死なのだ。

「内衆をおさえられぬとは、情けない者どもめ。骨のある者はいないのか」

そうは言っても、宗全にもわかっている。大名は内衆に支えられて浮いている舟のようなものだ。内衆の支持なしには、戦うことはおろか動くこともできない。

どの大名が反対しているというのでなく、顔の見えない多くの内衆が反対しているというのでは、宗全にもなすすべがない。

和議の行方が見えなくなった。

——天魔の所業と言うが……。

大乱を止めようとしても止まらないのは、やはり天魔が邪魔をしているせいなのか、とふと思った。

うわさの元となった大流星は、宗全も見ていた。七、八尺もの長い尾を引いた流星が雷鳴のような轟音《ごうおん》をひびかせて、夜空を赤く染めながら西南から東北へと飛んでいったのだ。洛中の家は家鳴り震動し、みな外へ飛び出して大変な騒ぎになった。

——いや、馬鹿な。天魔などいるものか。

宗全は弱気になりかけた自分を叱った。自分たちがはじめた合戦だ。止められないわけがない。

しばらく味方のようすを見つつ、細川方の反応を待っていると、おどろくべき話が飛び込んできた。

「細川どのが、髻《もとどり》を切ったそうな」

垣屋越前が、御座の間に駆け込んできて告げる。細川勝元だけでなく、一族衆、内衆数十人がいっせいに髻を切ったという。

武士が髻を切るとは尋常ではない。何かの失態を詫《わ》びるために、現在の地位を捨て出家して許しを請う、そんな場合におこなうものだ。

「勝元が、東軍を和議でまとめるのに失敗したのか。それで出家するのか」

宗全の問いに、意外にも垣屋越前は首をふった。

「髻は切ったものの出家せず、そのまま陣に詰めているそうな。どうやら出家しようとして、大名衆に止められたらしゅうござる」

勝元らは頭を布でおおって、恥ずかしげに歩いているとか。

「なんと、ぶざまな！」

自軍をまとめるどころか、自分の進退すらままならないとは、それで大将といえるのか。

これで勝元の立場が案外弱いのが露見し、和議は一層むずかしくなった。

「さて、どうする」

垣屋越前とつぎの策を話し合っていたところに、時豊が顔を出した。

「お話ししたいことが……」

と気弱げな顔で言う。

「あとにせい。いまは暇がない」

「いえ、是非、いま聞いてくだされ」

無視しようとしたが、いつになく食い下がってくる。

「うるさいぞ。あとにせい」

「一族の者が、謀叛《むほん》をたくらんでおりまするぞ。それでも聞いてくだされませぬか」

はっとした。家督をゆずれという話ではなかったのか。

時豊の顔は、緊張のせいか青くなっている。

「だれが謀叛じゃと？」

「されば、教之さま、政清さま、太田垣《おおたがき》の一類……」

一族の傍流に内衆の一部がくわわって、宗全を排して宗家の力を弱め、領国を分け取りにしようとしているのだと。

「な、なんと……」

怒りがわきあがってきて言葉にならない。一気に鼓動が速くなって、胸が別の生き物になったようだ。顔が熱くなり、こめかみのあたりが脈打つのがわかる。

「おのれ教之め！」

やっとそれだけ言ったが、つぎの瞬間、あ、と声を出した。左後頭部に何十本もの針を刺されたような痛みが襲ってきたのだ。

思わず頭を押さえると、目の前がすうっと暗くなった。つづいて時豊らの声が遠くなっていった。

気がつくと、薄暗い中にあお向けに横たわっていた。

ここは自分の屋敷ではない。それどころか家の中でもなく、草原のようだ。

頭上には黒雲が流れている。いや、よく見れば黒雲ではない。手も足もない得体の知れない形だが、目鼻らしきものがついている。雲と見えたのは、空を覆い尽くすほど巨大な生き物だ。それが轟々とすさまじい音を響かせながら、薄暗くなった空を渡っている。

――あれが天魔か。

そう気づいて唖然《あぜん》とした。本当にいたのか。

ついで歯がみした。たったひとりで弓も刀もない身ではとても立ち向かえない。軍勢をつれていればいくらでも戦うものを、と思いつつ見ていると、天魔の動きが止まった。目と目が合った気がした。

こちらを見ながら、天魔がゆっくりと降りてくる。

宗全は悲鳴をあげた。

「おお、気づきなされた」

政豊の声だ。天井が見えた。自邸の御座の間ではないか。夜具の上に寝かされているのだ。

「動かぬほうがよろしい」

起き上がろうとすると、医師の声がした。

手足に力を入れてみた。右手右足に痺れがあるものの、左右とも手足は動く。この感じは憶《おぼ》えがある。また中風の発作に襲われたのだろう。

「しばらくお休みになって養生なされませ。薬を出しまするゆえ、飲んでいただきまする」

夜具の周りで見守る顔のうちには、時豊や政豊のほかに教之や政清もいる。怒鳴りつけようとして、かろうじて思いとどまった。謀叛といってもまだなんの証拠もない話だ。

宗全は目を閉じて寝たふりをした。

その夕方、周囲が静かになったところで、ゆっくりと上体を起こした。

部屋にはだれもいない。

まだ頭はふらつくし体全体が重いが、動けぬことはない。

夜具の上にすわり、腕をまわした。右腕は動くが、細かく震えている。これも天魔のせいだろうか。

――負けてなるか。

もはや敵は細川勝元でも将軍義政でも、一族の教之でもない。この大乱を終わらせまいとする天魔だ。

なんとしても大乱を終わらせてやる。そのためには細川家も山名家もない。

宗全は刀架にいざり寄り、脇差をとった。夜具の上にもどると、諸肌《もろはだ》ぬぎになった。

いま自分が死ねば、山名の家は崩壊する。教之などにまとめられるはずがない。

山名家が崩壊すれば西軍は終わりだ。諸大名は東軍に降参するしかなく、大乱はすぐにも終わる。

天魔に勝つにはこれしかない。

鞘《さや》を払った。抜身の刀身が光る。

生きすぎたかな、とちらと思った。齢《よわい》六十九にして切腹して果てるとは、思いもしなかった。もっとよい死に時があったのではなかったか……。

切っ先を左の腹にあてた。一気に突き刺す。鋭い痛みが走る。思わず「うぐっ」と声をあげた。赤い生ぬるいものが噴き出し、手が濡《ぬ》れた。そこから真横に腹をかき斬ろうとしたが、右腕が震えて力が入らず、思うようにならない。

「うおお、うう」

おさえようとしても声ばかりが出る。痛みは激しくなる一方だ。

「殿、いかがなされましたか！」

障子が開いて、当番の近習が駆け寄ってきた。はっと息をのむ気配がした。ついで、

「出会え、殿が腹を召しておるぞ、出会え！」

と叫ぶ声が聞こえた。

足音とわめき声が近づいてくる。宗全は動くこともならず、赤く染まる夜具の上でうめきつづけている。頭の中では、空を覆う天魔の顔が嗤《わら》っていた。おまえに大乱は止められないと言っているようだった。

青磁茶碗　玉梅

一

その青磁茶碗《せいじぢやわん》は、両手の中にすっぽりとおさまるほど小ぶりで、口縁に花びらをかたどったような飾りの切れ目があった。

谷川の透き通った淵《ふち》を思わせる翠色《みどりいろ》で、わずかに濃淡があり、外側は青みが強く、内側はやや褪《さ》めて透明感がある。薄手の胴はやさしくふくらみ、高台は低く小さい。

こうして見るといかにも可憐《かれん》だ。その棚にはさまざまな茶碗がおいてあり、中には似たような青磁茶碗もあるが、これひとつだけが光り輝いているように思える。

ほかの者が見ても感銘を受けるのか、この茶碗には「玉梅《たまうめ》」と銘がついている。唐物《からもの》の台帳にそう書いてあるのだ。「曜変《ようへん》」とか「油滴《ゆてき》」とか模様の特徴を書いてある茶碗はあるが、銘がついているのはこれ一品である。

その可憐さが前々から気になってはいた。座敷飾りや茶の湯の催しに持ちだされたときには、割られないかとはらはらし、脂ぎった土倉《どそう》や大名の手であつかわれると思うと、あの美しさが汚されるようで気分が悪くなったものだ。

いま見つめていると、こちらになにかを訴えかけているように思える。

「こら、なにをしておる」

上役の甚左衛門《じんざえもん》から声がかかり、弥次郎《やじろう》は我に返った。

「は、いや、あまりに見事なもので、見とれておりました」

「公方《くぼう》さまの唐物じゃ。見事なのはあたりまえじゃろう。油を売っておらずについて来ぬか」

「は。ただいま」

名残惜しかったが、玉梅から目を切って弥次郎は甚左衛門のあとを追った。が、すぐに駆けもどって、玉梅を棚の奥へそっと押し込んだ。これで目立たなくなる。

――おまえじゃなくて、よかったな。

と胸の内で語りかけた。

薄暗い倉の中に、壁にそって棚が置かれている。甚左衛門は棚の番号を見ながらすすみ、やがて「ろ　七」と書かれた棚にたどり着いた。

「やあ、これか」

甚左衛門が桐《きり》の箱をもちあげた。その蓋には「香炉　雁《がん》」と書かれた紙が貼ってある。

「もうひとつだな。ふむ」

桐の箱を弥次郎にもたせると、甚左衛門は手許《てもと》の紙を見てさらにすすむ。

「おっと、これだな」

棚の番号を確認し、紙でくるまれた巻物をひとつとりあげた。それをもって倉から出ると、扉を閉めて鍵をかけた。裏庭を横切って母屋に向かう。

「やれ、今日も蒸すな」

空を見あげてまぶしそうな目をした甚左衛門の首筋に、汗が光っている。まだ朝のうちだというのに、日射《ひざ》しは強くて風もないから、そう言いたくなるのも無理はない。しかも宮仕えの悲しさで、夏でも素襖《すおう》に袴《はかま》は欠かせない。どうしても汗は出る。

「まだ土倉の者たちは着いておらぬでしょう」

弥次郎が言うと、

「その前に芸阿弥どのに見せて、いまの相場を聞かねばならぬ。上《うえ》つ方《かた》は、われらだけでは頼りないと思《おぼ》し召《め》しでな」

と甚左衛門は答え、母屋の北側にまわった。

芸阿弥は北向四間《きたむきよのま》にいた。ほかの同朋衆《どうぼうしゅう》と雑談をしながら、茶の湯棚を片付けている。

「やあ、ここにござったか」

甚左衛門は陽気に声をかけ、濡《ぬ》れ縁《えん》からあがりこんだ。

「ひとつ教えてもらいたい。またこれを売れとの御諚《ごじょう》でな、昼すぎに土倉が来るのじゃが、値付けはどれほどが適当かな」

そう言いながら、手にした紙包みを広げようとした。

「ここではちと騒がしいし、汚れましょう。あちらに」

芸阿弥は落ち着いた態度でふたりをうながし、となりの部屋に移った。だれもいない部屋にすわると、境の障子だけを閉めた。同朋衆たちの話し声が聞こえなくなり、庭からはかすかに風が入ってくる。

「さて、お見せいただきましょうか。ほう、馬麟《ばりん》の梅花小禽《ばいかしょうきん》ですか」

絵を畳の上に広げると、芸阿弥はじっと見入った。

その姿は、頭を坊主のように剃《そ》りあげているのに、着ているものは小袖に袴という俗人の体《てい》だった。将軍の身近に仕えるために身分の枠を超える遁世者《とんせいしゃ》になっているが、寺にいるわけではない、という立場ゆえである。

芸阿弥のような同朋衆は、座敷の飾り付けや茶の湯の接待をするほか、使い走りや取り次ぎもする。いわば殿中の雑用係だが、座敷飾りをその職とする立場上、華道や茶の湯、座敷飾りに秀でて、その道の名手といわれる者もいた。

芸阿弥は父、能阿弥の代から将軍がもつ絵画や磁器、文具などをあつかっているので、そうしたものの目利きとして重宝されている。

甚左衛門と弥次郎はともに倉奉行、籾井《もみい》氏の一族で、倉の物、すなわち足利家の財物を管理していた。

倉にはさまざまなものを納めるが、中でも貴重なのは「唐物」である。

客を招く会所の座敷を飾るには欠かせないもので、牧谿《もっけい》、徽宗《きそう》をはじめとする絵画を中心に、茶碗、花瓶、漆塗りの盆、手の込んだ造りの香炉など、海の向こうから運ばれてきた古今の名品ばかりがあつまっている。

代々の将軍が買い調えてきて、少し前までは「日本の重宝はすべて公方のお倉にある」といわれたものだった。一幅が三百貫文、五百貫文といった値になる絵画も珍しくない。

「さあ、いかほどかな」

甚左衛門が問うと、

「馬麟はちかごろ、あまり人気がないようでしてな、さほどには……。まず五十貫文といったところでしょうかの」

「なんと。それは安い！」

甚左衛門の声が高くなる。

「いやいや、五十とは困ったものじゃ。うむ、ではこちらは」

甚左衛門にうながされて、弥次郎は桐の箱を開いた。

中に入っていたのは、銅でできた小さな雁の彫像である。

「香炉でござるな」

芸阿弥は手にとり、裏を返したり横から見たりして首をひねっている。

「ものはよいのですが、やはりさほどには売れますまい。まず百貫文かと」

「百……。ふたつで三百と踏んでおったのに、半分にしかならぬとは、なんとも痛いな」

甚左衛門は渋い顔になった。

「時節がら、あまりこうした物は喜ばれぬようでして。都がにぎわいをとりもどせば、もう少し高く売れましょうが」

「それはそうじゃろうが、お銭《あし》がほしいのはいまでな、待つわけにはいかぬ」

「また、ご喜捨で？」

「ああ。どこかの寺の法堂《はっとう》が焼けたとて、再建の喜捨よ」

「もはやさような余裕はありますまいに」

「まことに、まことに。しかし、頼まれれば喜捨せぬわけには参らぬようでな」

ふたりが小声で話しているのをかたわらで聞きながら、

——それにしても、唐物もずいぶんと減ったな。

と弥次郎は思っていた。

弥次郎がはじめて室町第に奉公にあがった六年前は、応仁の大乱がはじまって六年ほどが過ぎており、戦火も下火になっていた。

正月すぎに奉公をはじめたのだが、その月のうちに先の政所執事《まんどころしつじ》、伊勢貞親――文正《ぶんしょう》元（一四六六）年に京を追われたのち、一度は義政に呼びもどされて京に復帰していたが、数年後にまた謀叛《むほん》を企てたとして京を追われ、若狭《わかさ》に逃げていた――が亡くなったと伝わってきた。

政所執事の職――倉奉行の上司となる――は、貞親が亡くなる前から息子の貞宗《さだむね》が継いでいた。こちらは円満な人物で、父親のようにあやしげな動きをすることもなく、将軍や諸大名からも頼りとされて、いまも大過なくつとめている。

そして三月には西軍の総帥、山名宗全が、五月には東軍の細川勝元が、ともに病で世を去った。細川家では子の聡明丸が、山名家は孫の政豊がそれぞれ跡を継いだが、これで両軍の戦意が薄れたのか、洛中での合戦はほとんど見られなくなった。

室町第の倉にはいまの倍ほども唐物があったが、それでもひところよりは寂しくなったと聞かされていた。各地から年貢が入ってこないのに、御所の出費は減るどころかかさむばかりなので、やむなく唐物を売って出費にあてたのだ。

合戦がなくなっても御所の家計は苦しいままで、倉の唐物も減ってゆく一方だった。

しかも三年前には近所の酒屋の火事からのもらい火で、長い戦火にも耐えてきた室町第があっけなく焼けてしまい、そのときに多くの唐物も失われた。

御所が焼けたことがきっかけになったのでもあるまいが、その前から話し合われていた東軍と西軍の和睦がすすみ出し、京に駐屯する軍勢も減っていった。そして翌年、つまりいまから二年前の十一月、両軍の和睦がなったようで、西軍の諸大名の軍勢がいっせいに京を出て領国へもどっていった。

西軍の将軍となっていた足利義視は美濃へ落ちてゆき、東軍である細川家と義政、義尚が将軍職を守り切った形で、さしも長かった大乱も終わった。

もっとも、大乱の原因のひとつとなった畠山右衛門佐と政長の争いは、右衛門佐が河内に下ってまだ戦いをつづけているので、決着がついたわけではない。

もうひとつの原因だった斯波家の内紛は、細川方の東軍についた尾張守が家督をつぎ、いまも健在なのに対し、西軍の斯波義廉は尾張へ下ったのち行方不明となって、はっきりと勝負がついた。しかし斯波家の本拠地である越前を内衆だった朝倉孝景に奪われてしまい、家としての衰退は止まっていない。

洛中から軍勢が消えたいま、御所は小川第に移り、火事から救い出された唐物がこちらの倉に置かれているが、倉の中の棚はかなり空いている。

待っているうちに、さきほどの青磁茶碗を思い出した。

美しい上に気品がある。しかも艶《なま》めかしい。あれが自分のものになったら、さぞ幸せなことだろう。

もちろん、そんなことは夢だ。あれは公方さまの物だし、もし売りに出たとしても、とても弥次郎が買える値段ではない。高嶺《たかね》の花とはこのことだ。せいぜい倉に入ったときに手にとり、愛《め》でるくらいしかできないだろう。

——あの茶碗が売られませぬように。

弥次郎としては祈るばかりだ。

「さあ、土倉の者どもが来るまでに支度しておけ」

雑談が終わった甚左衛門に命じられて、弥次郎は立ち上がった。倉役人の下役が弥次郎の仕事だ。これからふたつの唐物を倉奉行の屋敷に持ちこみ、台の上に置くなどそれなりの飾り付けをしなければならない。

買い手は裕福な土倉である。数人あつめて唐物を競りにかけ、一番高値をつけた者に売るのだ。

弥次郎はふたつの唐物を風呂敷につつみ、小川第を出た。

「おう、そう吠《ほ》えるな。腹がへったか」

仕事を終えて家に帰り着くと、まず迎えてくれるのは番犬のクロである。弥次郎が敷地に入るや、きゃんきゃん鳴いて尻尾をふり、走り寄って飛びつこうとする。

「よしよし。待っていろ」

クロを従えて家の土間に入った。

「おかえりなさいまし」

と下女のきぬ婆《ばあ》さんが手を前掛けで拭きながら出てくる。

「飯にしてくれ」

と命じておいて、クロを土間に待たせ、素襖と袴を脱いで小袖だけに着替えた。そのあいだ、クロはちゃんとおすわりをして待っている。

「よし、夕餉《ゆうげ》の前にひと回りしようか」

クロを連れて外に出た。

弥次郎の家は、小川第から半里ほどはなれた上賀茂の深泥池《みどろがいけ》の近くにある。やはり倉奉行に仕える父と母と住んでいたが、合戦が激しかったころはこのあたりまでも兵火がおよび、父母と大原《おおはら》のほうまで逃げたものだった。

父は五年前、帰宅途中に物盗《ものと》りに襲われて殺された。いつも通る鞍馬《くらま》街道から少し離れた神社の境内に、身ぐるみ剝がれた父の遺体を見つけたのは、いっしょに探しに出たクロだった。

当時、合戦は行われなくなっていたが、まだ軍勢が洛中洛外《らくちゅうらくがい》のあちこちに滞陣していた。足軽の多くはあぶれ者で、合戦のないときは盗賊に変わるのである。近所で騒ぎになったが、下手人を探す手だてもなく、泣き寝入りするしかなかった。

悲嘆にくれた母も一年ほどしてあとを追うように病死し、弥次郎はひとりになった。

一族の者のはからいで父とおなじく倉奉行の下役にありついたものの、仕事はいまも使い走りや棚の整理など雑用ばかりだ。若さゆえに俸禄《ほうろく》は減らされ、年に四度支払われるその禄も、たいていは遅れる。

暮らしが苦しくなったので馬を売り払い、ひとりいた下男にも暇を出した。いまは老いてどこへも行けないきぬ婆さんだけが残っている。そろそろ嫁が欲しいが、こんな暮らしではかなわぬ夢とあきらめている。

クロを走らせつつ深泥池のまわりをぐるりと回ると、陽《ひ》も落ちて西の空が黄金色に輝きはじめた。もう飯もできているだろう。

二

御所さまこと足利義政が外出するときには、まず先触れの小者が走り、そのあとを馬に乗った御出奉行《おいで》の配下の者がゆく。自身の輿《こし》のまわりには走衆《はしりしゅう》という兵法の達者な近習を侍《はべ》らせ、後尾に雑役の者がつく。

今日は仁和寺へ御成《おなり》だった。

その帰り道、弥次郎は行列の最後を、風呂敷に包んだ荷を肩にして歩いていた。

風呂敷の中味は、小袖三襲《かさね》、緞子《どんす》一反、高檀紙《たかだんし》十帖《ちょう》、盆一枚などである。紙や緞子は重く、風呂敷包みが肩に食い込む。

義政は、清談と称してほとんど毎日のように洛中洛外の寺社をたずね歩いている。御成をうけた寺社のほうでは、引出物としてなにがしかの物を献上する決まりとなっていた。

これが義政の収入になる。

紙も緞子も売ればそれなりの値段になるし、御所に出入りする商人たちに支払いとして銭のかわりに渡すこともできた。

諸国から年貢があがってこなくなり、応仁以来の乱で土倉からの銭の納入も少なくなったいま、こうした寺社からの献上品は、幕府の大きな収入になっている。そのため義政はせっせと各所の寺へ「清談」に出かけるのである。

献上品はいったん倉におさめるので、倉奉行の下役が寺社まで同行し、受けとって数をたしかめ、受領の覚《おぼえ》に花押を書くことになっていた。そして御所まで持ち帰るのも下役の仕事のうちだ。

「ただいま、行って参じました」

「うむ、ご苦労」

倉の前にある御用部屋で、ひとまず風呂敷を降ろした。甚左衛門は倉に収蔵してある唐物の台帳をながめては、さかんに首をひねっている。

弥次郎は持ち帰った献上品を品物ごとに帳簿に記入する。そして畳の上にならべると、甚左衛門の点検をうけた。

「よし、合っておる」

帳簿の数と品名をたしかめた甚左衛門に認めの花押を書いてもらうと、献上品をまとめて倉へおさめる。それで朝からの仕事にひと区切りがつく。

倉からもどると、甚左衛門は相変わらず台帳とにらめっこしていた。

「また唐物を売るのでしょうか」

弥次郎はたずねた。

「まあな。一度は買う仕事もしてみたいが」

台帳をのぞき込むと、茶碗の在庫が書いてあるあたりが開かれていた。

「今度は多いぞ。なにせ一千貫文ぶんじゃからのう」

倉の唐物を売る際は、倉奉行のほうから「どれとどれを売れ」と指図が来ることが多い。そうであれば簡単だが、今回のように一千貫文分の唐物を出せ、と指示されると手続きはかなり面倒になる。

まず甚左衛門が芸阿弥と相談して適当な唐物を選び出す。それを倉奉行が認め、奉行の上司である政所代が了承したら、清書した売却案文を義政のところへもっていって、その承認を得るという運びになる。

甚左衛門が、売るべき唐物を紙に書き出しはじめた。

――あっ。

弥次郎は胸の内で叫んだ。三つ目に「青磁茶碗　玉梅　に　六」と書かれていた。

あの茶碗だ。とうとう売られてしまうのか。

やめてくれ、と叫び出すところだった。

だが止められるはずもない。やめろと言える権限など弥次郎にはないのだ。

むずかしい顔で品名を書き出している甚左衛門の横で、弥次郎は固まっていた。

仕事を終えて暗い気分で家に帰ったが、いつもとようすがちがう。庭へ入ってもクロが駆け出してこない。

どうしたのかと思いつつ土間に入った。すると、前足の間に顔を埋《うず》めて寝ているクロの姿が目に入った。珍しいこともあるものだ。具合が悪いのかと思ったが、やすらかに寝ているようだ。不思議に思いつつ板の間にあがろうとして、声を出すところだった。

見たことのない女がすわっている。

「おかえりなさいませ」

女はこちらに向き直って、深く一礼した。

「失礼。どちらのお方かな」

あやしみつつ問うと、

「旅の者ですが、持病の差し込みがきて道端で難渋していたところ、こちらの家の方が親切にも助けてくださいまして、ここで少し休ませていただきました。おかげさまで、なんとか気分がよくなった次第です」

そうなのか。きぬ婆さんが助けたのか。

見れば女は、浅黄の地に蜻蛉《とんぼ》を描いた小袖を着ている。かたわらに市女笠《いちめがさ》とふくらんだ風呂敷包みがおいてあり、杖《つえ》が壁に立てかけてある。たしかに旅人のようだ。

小柄で、垂髪の下の顔立ちは整っていて美人といえるが、年のころはわからない。若いようでもあり、年増《としま》のようでもある。全体に艶めかしく、遊び女のようにも思える。

「さようですか。それはよかった。治るまでゆっくりしていって下され」

弥次郎は話を聞いて安心し、美人の前で浮かれた気分も手伝って、そうすすめた。

「ありがとうございます。されど、ご親切に甘えるわけには参りませぬ。ここで失礼いたします。のちほど御礼に参ります」

女は立ち上がった。

「もうすぐ暗くなりましょう。女の身で夜道はあぶない。今宵《こよい》は泊まって、明るくなってから出立したらいかがかな」

その言葉に女は迷ったようだったが、

「いえ、めざす宿はもうすぐですので、ここで失礼いたします」

と言い、幾度も頭を下げて出ていった。

女が去ったあと、クロが眠りから覚めた。きぬ婆さんももどってきたので、女が去ったと伝えると、

「いいえ、さような女は存じませぬ」

と不思議そうな顔をする。これには弥次郎がおどろいた。

「そなたが知らぬということは、勝手に上がり込んだのか。ならば物盗りか！」

そういえば近ごろ、賀茂から紫野《むらさきの》のあたりにかけて物盗りが横行しているという。

あわてて家の中を点検したが、なくなっているものはなかった。大方、家に忍び込んで、これから物盗りにおよぼうとしたところに弥次郎が帰ってきたので、うそを言って誤魔化《ごまか》し、逃げたのだろうと思えた。

「おい、クロ。頼りにならんな。しっかりせい」

盗人《ぬすっと》が入ったのに番犬が寝ているのでは世話はない。恐《こわ》い顔で叱ってやると、クロはきゅうんと鳴いた。

翌日、いつものように出仕すると、甚左衛門の売却案ができていた。案文を渡されて、唐物五つを倉から取りだしてくるよう命じられた。

案文を見ると、やはり玉梅が記されている。

――そうはいくか。

あの茶碗は渡したくない。

さいわい甚左衛門は忙しいのか、倉に入ってこない。ひとりならなんとでもなる。

先に水墨画二点、香炉一点を運び出した。つぎは茶碗だ。

ひとつは黒の天目茶碗で、油滴のように光る妖しい模様が一面に浮き出ている。これは一目で高価だとわかる。しかももうひとつの玉梅の清澄な美しさとの対比がおもしろい。

――ならば……。

青磁茶碗は倉の棚にいくつかある。「に 六」ではなく「に 三」の、いくらか大ぶりで厚手の茶碗を選びとった。代わりに玉梅を「に 三」に置く。こうしておけば、よほどもの覚えのいい者でないかぎりわからないはずだ。

なにくわぬ顔で唐物を座敷に運び、甚左衛門に見せた。ちらりと見ただけで甚左衛門は了承し、芸阿弥を呼んでくるよう命じた。

芸阿弥は案文を一見したあと、それぞれの唐物を手にとり、じっくり眺めつつ値踏みをしていった。水墨画に二百貫文と三百貫文。香炉に百貫文の値をつけ、茶碗に向かったが、

「これは値がつけられませんな」

と黒の油滴天目茶碗を手にして言った。

「百貫文、いや二百貫文でもほしいと言う買い手がいるかもしれぬし、三貫文でしか売れぬかもしれませぬ。おそらく高い値がつくとは思いまするが、なにせ近ごろ、この手のものは売られたことがないので」

天目茶碗をおいて、つぎに青磁茶碗を手にした。

「これは……。おや」

茶碗と案文を見ながら首をひねる。

「これは別の茶碗では……。それがしの憶《おぼ》えているものとちがいますな」

「おい弥次郎、あのようにおおせだ。まちがえていないか」

「いえ、まちがえてはおらぬと思いますが」

背中にどっと汗が噴き出てきた。

「どうかな。ではそれがしを倉へ案内してくだされ。見てみましょう」

やむなく芸阿弥をつれて倉に入ると、芸阿弥は難なく玉梅を見つけてしまった。

「これこれ。この小ぶりなのが『に　六』の玉梅でしてな。誰かが番号をまちがえて置いたのでしょうな」

倉から出ると甚左衛門に報告する。

「これはかたじけない。もう少しでお咎《とが》めをこうむるところじゃった。ありがたや」

弥次郎は甚左衛門に小突かれた。

「それにしても、よく憶えていられるものじゃの」

「それはもう、父に従って幼いころからお倉の唐物を賞翫《しょうがん》しておりますので。といってもすべて憶えておるわけではありませぬが、この茶碗には不思議ないわれがついておりましてな。玉梅と銘がついているのも、それゆえでして」

「ほう、そんなものが」

甚左衛門がおどろく。弥次郎も思わず耳をかたむけた。

「これは三百年ほど前に南宋《なんそう》という国で焼かれたものですが、本朝へ入ってきたのは南宋が滅びたあと、おそらく百年ほど前の鹿苑院さま（足利義満）の世と思われまする」

父の能阿弥から聞いた話だという。

「そのころは闘茶とか飲茶勝負という、賭けをしては茶の産地をあてる遊びがはやっておりまして、ある時、この茶碗が賭け物に出されたとか。もちろん当時からこの茶碗は高価なものゆえ、相手も高価なものを賭けねばならず、困った挙げ句に自分の娘を賭け物にしたそうな。そして負けて娘をとられ、のみならず世間では娘を賭けに出した痴《し》れ者と評判を落とし、やがて家そのものが没落した、と伝わっておりまする」

「ほう。家を潰した茶碗ですかな」

「その賭け物にされた娘は、どうなったのでしょうか」

弥次郎はすかさずたずねた。

「それが、一説によると、家が潰れたあと世をはかなんで深井戸に身を投げたとか。その際にこの茶碗を盗み出し、ふところに入れたままだったらしく、死体を引き揚げたときにふところから茶碗が出てきたそうな。それでも、ひびひとつ入っておらず、そのまま倉におさめられた、と聞いております。娘の名が玉梅で、以来、この茶碗も玉梅と呼ばれているとか」

「倉におさめられたとは……」

「さよう。賭け物に出し、勝ったのは鹿苑院さまで」

ほう、と甚左衛門が息をついた。

「なんとも妖しい茶碗ですな」

「忌み嫌われても仕方のない因縁ですが、鹿苑院さまはかえって珍重なされ、倉に深く秘蔵されたそうで。そのままあまり使われなかったのが、昨今、倉の唐物が減ったので表に出てきたのでしょう」

「あのう」

弥次郎は小さな声で問うた。

「賭け物にされたのは、どんな娘でしょうか。年格好とか、伝わっておりませんか」

「さて、くわしくは知れておりませぬが、一度縁づいたものの、離縁して家にもどっていた娘だとか」

弥次郎はその姿を想像した。出もどりの娘なら、さほど若くもないだろう。

「であれば、この茶碗の値は……」

甚左衛門が問う。

「さあ、どうでしょうか。なにもなければ八十貫文、百貫文といったところでしょうが、その因縁話がつくと高くなるのか安くなるのか……」

「まさか、祟《たた》ることはありますまいな」

「いや、そんなうわさも、なきにしもあらず」

「まことにや！」

芸阿弥はこっくりとうなずく。しかしその詳細は語らなかった。

「さような物ゆえ、早く売りに出したほうがいいでしょうな。因縁話は、別に教えずともよろしいでしょうし」

「ふむ。さればこれで上つ方の許しを得るか」

複雑な表情を浮かべながら、甚左衛門は案文を見ている。

三

その夜、家中が寝静まったあと、物盗りと思われたあの女があらわれた。そして弥次郎に訴えるのだ。

「わらわは玉梅。現世の因縁により茶碗に結びつけられ、いまは死霊になっておりまする」

先日、そなたを訪ねたときは時間がなく、正体を明かせなかった、と言う。

やはり、と弥次郎は納得した。芸阿弥の話を聞いたときに、あるいはと思ってはいたのだ。

玉梅は言う。茶碗とともに倉の中で長く眠っていたのに、近いうちに売りに出されてしまうのが辛《つら》い。外に出て騒がれたくない。ことに玉梅と銘をつけられたあの騒ぎを囃《はや》し立てられるのは、恥ずかしい。

そなたはわらわを好いてくれているようだから、頼みにきたと言い、

「世に出たくない。なんとか助けてたもれ」

と哀願されたところで目が覚めた。夢だったが、それにしてはあまりに鮮明で、強烈だった。目覚めたいまも心ノ臓が躍っている。

——助けてくれといわれても、どうすればいいのか。

家を出て小川第へ歩きながら、さまざまに考えた。

売られるのを止めるとすれば、売り出しそのものを中止させるか、玉梅を隠してしま

うくらいしか方法がない。

売り出しは、もう甚左衛門が倉奉行へ伺いを上げてしまっている。日取りもそろそろ決まるだろう。

無理だ。止められない。

とすれば隠すか。だが倉の中ではいくら隠したところですぐに見つけられてしまう。では倉の外か。いや、持ち出したのを見つかれば、叱られるだけではすまない。下手をすれば盗みとされて首が飛ぶ。あまりに危険だ。

――やはり、どうしようもない。

その日は唐物に触れる機会はなく、いつものように退屈な仕事をすませて家に帰った。クロが出迎えてくれる。きぬ婆さんの作った粗末な夕餉を平らげると、あとは眠るしかない。明日はまた味気ない仕事が待っていると思うと眠気も訪れてこないが、することもないので寝床に入った。

手足を投げ出してぼうっと屋根裏を見ていると、思い浮かぶのは青磁茶碗の気品ある姿であり、浅黄の小袖を着た艶っぽい女だった。

いつしか眠りについていたが、その夜の夢に玉梅は出てこなかった。

翌日の仕事は、玉梅をふくむ唐物五つの競りを行う日時を、おもな土倉に伝えることだった。上つ方が唐物を売り払うことを承認したのだ。

——ついにお別れか。

自分の無力さをかみしめつつ、三日後に倉奉行の屋敷で競りを行うとの書状を書き、土倉の当番の者に手渡した。これで書状が回覧され、唐物に興味のある土倉があつまってくるだろう。

そのあとはやる気が湧かず、渡すべき扇子の数をまちがえて甚左衛門に叱られ、台帳の記入まちがいを指摘されてまた怒鳴られた。

さんざんな目にあって家に帰ったその夜、また玉梅が夢に出てきた。

「もういけませぬ。売られる先までわかってしまいました。正元坊《しょうげんぼう》が買い上げます。あの脂性の手で触られるのは、いやです」

玉梅が訴える。土倉の正元坊の姿形が浮かんできた。坊主頭にしているが、顎と首がつながるほど太っており、いつも汗をかいている男だ。なるほどあの手のひらなら脂っぽいだろう。

「なんとか救ってたもれ」

悲しそうな顔で言われても、どうしようもない。

「それがしには力がない。無理だ」

と答えると、玉梅は泣き出した。

「世に恥をさらし、多くの男の手に触れられて弄ばれるのは、耐えられませぬ」

しくしくと泣いて、いつまでも止《や》まない。

「売りに出すのを止められないのなら、連れて逃げて」

とまで言いだした。

玉梅をふところに入れて、小川第から走り出す自分を思い描いた。それもいいかと一瞬、納得しかけたが、おそらくすぐに捕まるだろう。うまく逃げおおせたとしても、そのあと食ってゆけない。第一、この家とクロときぬ婆さんはどうするのか。

だが玉梅の悲しそうな顔を見ていると、強く断ることもできない。

迷いに迷っているうちに一番鶏《いちばんどり》の声が聞こえてきて、これは夢なのだと気がついた。起きてみると体中に汗をかいていた。

そのあとは寝つけず、暗い中で寝返りを打っては悩みつづけて夜明けを迎えた。そのまま寝不足の頭で小川第へ出仕すると、

「どうした。顔色が悪いぞ」

と甚左衛門に言われてしまった。理由を話すこともできず、

「ちと腹を下しておりまして」

と言って誤魔化すしかなかった。

その晩もつぎの晩も、玉梅が夢に出てきた。連れていってくれ、助けてくれと悲しげな顔で訴えられて、汗びっしょりで暗いうちに目覚めてしまう。満足に寝ることもでき

ない。

そうして競りの日を迎えた。

弥次郎の気分は最悪だった。どうにもできないことを頼まれているのに、なにせ夢の中なので、振りはらうこともできない。気力も体力も消耗する一方である。玉梅の死霊に取りつかれたようだと思いながら、朦朧《もうろう》とした頭で出仕した。

唐物を倉から取りだし、競りが行われる倉奉行の屋敷へもってゆく時間がきた。

弥次郎は倉へ入って水墨画を二軸と香炉を取りだした。そして油滴の茶碗。それぞれを傷まぬように木箱に入れ、包んだ。

最後に玉梅だ。

棚から下ろし、手にとった。

柔らかな曲線とすべすべした手触り。倉から出て明るいところで見ると、じつに鮮やかな色合いだった。

「やはりすばらしい」

つい茶碗に語りかけていた。

「こんなすばらしい宝物でも、いやなことがあるとはな」

連れて逃げて、という玉梅の言葉が耳によみがえってくる。まことに世は憂きもの辛いものだ。

「おい、なにをしておる。早くしろ」

甚左衛門から急《せ》かされた。

玉梅を両手で持ったまま、弥次郎はふっとある考えにとらわれた。

それは、いま抱えている問題を解決する妙案に思われた。だが同時に新たな問題を引き起こすのも明らかだ。

どうしようか。

寝不足で朦朧として、頭のはたらきが鈍っている。決心がつかず、迷ってその場に立ち止まってしまった。

「こら、早くせんか！」

と甚左衛門が怒声を浴びせる。聞き慣れた声だったが、そのひと声で胸中の天秤《てんびん》が一方へ傾いた。

「はい、ただいま」

と言いつつ駆け出した。四、五歩すすんだところで、なにかに足をとられてつんのめったふりをし、持っていた玉梅をほうり出した。

すぐそばの庭石の上で細い弦を弾《はじ》くような澄んだ音がして、青みがかった翠色の破片が四方に飛び散った。

「おい、何をする！」

甚左衛門が駆けてくる足音を、弥次郎は地面に腹這《はらば》いになったまま聞いた。

弥次郎はさんざん打擲《ちようちやく》された上に縛りあげられ、数日のあいだ罪人として小侍所《こざむらいどころ》の牢《ろう》に籠《こ》め置かれた。そして何度も訊問《じんもん》されたが、うっかりして転んだという主張を曲げなかったところ、それ以上の追及はなく、稀代《きたい》のうつけ者という悪罵を浴びただけで放免された。自由の身になったのだが、倉奉行からは暇を出され、禄も失った。

牢を出て家に帰ると、まずクロが飛びついてきた。きぬ婆さんも心配してくれる。慣れた寝床で久々に夢も見ずに眠った。疲れ果てていたせいか、寝床に体も頭も溶け込んでゆくように感じた。

自分のしたことに呆然《ぼうぜん》としたのは、翌朝目が覚めてからである。

――よほど死霊の呪いが強かったんだな。

死霊に捕らわれていたのだろう。考えようによっては、禄を失ったくらいで済んで幸いだったかもしれない。あのままだと取り殺されていたにちがいない。

きぬ婆さんが朝餉を持ってきてくれたので、これまでの一切を話した。話さずにいられない気分だった。

「なんですって。あの女が夢に出てきたんですか。それも死霊としてですか」

きぬ婆さんは不思議そうな顔をする。無理もない。誰にとっても信じがたい話だ。

「あの女は盗人でしょう。死霊なんかじゃありませんよ」

「いや、死霊だ」

確信をもって弥次郎は主張した。死霊でなければ、どうしてあれほどしつこく夢の中に出てくるのか。

きぬ婆さんは呆《あき》れたように言う。

「だって、あとで気づいたんですけど、あたしが自分の部屋にしまっておいた若いころの帯がなくなっていたんですよ」

「え?」

「どうせもう使わないものだからって騒ぎませんでしたけど、あの日からなくなっているから、盗まれたにちがいありません。あの女、盗人ですよ」

それは本当か。なぜ言わなかった!

「母屋を探したけどめぼしいものがなかったから、あたしの部屋をさぐったんでしょうねえ。まったく、クロはどうしてたんでしょ」

きぬ婆さんが被害を思い出して怒っている前で、弥次郎は箸をもったまま動けなくなっていた。

将軍、帰陣す

一

比叡山の北方、比良山の麓にある葛川明王院《かつらがわみようおういん》近くの宿坊からは、夜更けというのに明かりとにぎやかな話し声が漏れていた。

葛川明王院は回峰行《かいほうぎよう》の行者が参籠修行する場で、夏の蓮華会《れんげえ》、冬の法華会《ほっけえ》では断食や滝行など、七日間にわたってきびしい修行がおこなわれる。ここに参籠しないと、回峰行が満行にならないのである。

この参籠修行は一般の者たちにも開かれている。いま宿坊には将軍義尚とその母富子が、供回りの近臣や侍女とともに泊まっていた。

参籠といっても行者のようにきびしくはない。初日には路次で摘んだ花を本尊に捧《ささ》げる供花《くげ》の儀と勤行をした。二日目も勤行に明け暮れ、夕餉《ゆうげ》に精進料理をふるまわれたあと、酒宴となったところだった。

六月の蒸し暑い時期だが、ここは山奥だけに京の町中よりかなり涼しい。修行というより避暑をかねての遊興だから、夜になれば酒宴になるのは自然な成り行きだった。

「いやあ、これは暑気払いに打ってつけですな。大原から山道を登っていったときには、どんな山奥へ行くのかと訝《いぶか》しく思うたが、かほどよきところがあるとは、この尚豊《ひさとよ》、存じませなんだ」

赤い顔をして義尚の前にきたのは、結城《ゆうき》尚豊という近習だった。手にした瓢《ひさご》から義尚の盃《さかずき》に酒を注いだ。

「涼しいだけか？　ありがたいところだろう」

義尚は素っ気なく応ずる。

「いや、もちろん。ご本尊の観音さまには、たっぷりと戦勝を祈願しておきましたぞ。もっとも、勝ちは見えておりまするが」

「それが油断よ。六角《ろっかく》は昔からの弓取りゆえ、どんな手を使ってくるかわからぬ。天下の精兵をこぞっても、むずかしいかもしれぬ」

義尚の顔立ちは、切れ長の目に鼻も高くて形よく、じつに端整である。父の義政は鼻筋の通った公達顔《きんだちがお》、母の富子も美女の誉れが高かっただけに、ふたりの子が美男に生まれついても不思議ではない。

そこにまたひとり、盃を手にやってきた。大館尚氏《ひさうじ》という、奉公衆──将軍に近侍する直臣──の頭《かしら》である。いずれも義尚とおなじく、二十歳を過ぎたばかりの若さだ。

「なあに、六角勢など十日で蹴散らしてくれましょう」

「十日？　そんなにかかるか。七日で十分じゃわい」

近く義尚は近江の六角家を征伐するために出陣する。将軍みずから出陣するなど、三代将軍、義満公以来のことだから、発表すれば京の町は大騒ぎになるだろう。義尚たちの気分が高揚しているのは、そのためもある。

今回の参籠は母の富子の誘いによる。義尚の戦勝祈願のためである。

ふたりが十日だ七日だと唾を飛ばしていると、横で侍女を相手に話をしていた富子が声をかけてきた。

「十日でも七日でもけっこうじゃ。手柄を立てて無事に帰ってきておくれ」

ふたりはあわてて居住まいをただし、富子に一礼を返した。

灯明に照らされて盃を手に談笑しながらも、義尚は富子が気になっていた。

——母上は、変わったのか？

いつもは傲岸で、細かいことまであれこれと指図して逆らうことを許さないのに、今日は口数が少なく、ずいぶんとやさしい。まるで乳母《うば》のようではないか。

もちろん、悪いことではない。これまで口やかましすぎたのが間違いなのだ。母もおのれの過ちにやっと気づいたのだろうか。

——もう子供あつかいはさせぬ。

なにしろいくさに出るのだから、と義尚は鼻息が荒い。

義尚が将軍の職についたのは、九歳のときだった。

もちろん、そんな子供に将軍の仕事はできない。実際の仕事は父母がかわりにやっていた。十五歳で判始めをして、自分で御教書《みぎょうしょ》を出すようになったが、重大な判断は父母が下していた。

十五歳をすぎれば世間では一人前扱いされる。なのにずっと子供扱いされてきたのだ。ことに母、富子はきびしかった。

「いまはまだむずかしいことは考えず、学問を専一になされ」

と言われ、古典の読解や和歌、書道などを学ばされた。いずれの道も当代一流の師についたが、何百年も前の人がどう言ったという黴《かび》が生えたような学問が、若者におもしろいはずがない。

そんな中で和歌だけは胸に響いた。古歌を味わうのも好きだし、自分でもよく作る。だが和歌のほかは、聖人君子の言葉も先人のおこなった政治も、いくら教えられてもみな頭の中を通り抜けてゆくばかりで、身についたとはとてもいえない。

「いやいや、大御台《おおみだい》（富子）さまのお側衆《そばしゅう》には、美しいお方が多くおられまするな」

しばらく静かに酒を飲んでいた結城尚豊が、声をひそめて言う。富子自身が公家の出なので、周りにはべる侍女たちも公家の娘ばかりだ。そのせいか身につけているものは華やかで、身ごなしは優美に見える。

「なんと申すのやら、花園をながめているような心地にござる。これだけでも、こんな山奥まで来た甲斐《かい》があったというもの」

「おいおい、もう始まったのか。呆《あき》れ果てたやつだな」

大館尚氏が応ずる。

「あの灯明の横にいるおなごなど、まことに好もしい顔立ちをしてござる。いやあ、けっこうけっこう」

「こら、母上の前で女の品定めなどするな」

義尚が注意すると、尚豊は芝居じみた顔で一礼した。

「さようにござった。大御台さまの前で、失礼をつかまつった」

「いや、たしかによきおなご揃《ぞろ》いではある。結城どのの目はたしかだな」

今度は大館尚氏が酔眼で侍女たちをながめはじめた。

――仕方のないやつらだ。

義尚は苦笑するしかない。なにしろ義尚自身、ついつい目が女たちのほうへ行ってしまうのだから。

――こんなことでは、また母上からあれこれ言われるのだろうな。

酔いが回りはじめた頭で考えて、義尚は気づいた。母親が煙ったいのは、女のことをあれこれ注意するからではないか。

それも勝手な話だ、と腹立たしい思いを抑えられない。こんな自分にしたのは誰なのか。

義尚は、元服した十五歳のとき、母の富子からこう言われたのだ。

「将軍のもっとも大切な仕事は、争いの裁許をすることでも、いくさの指揮をすることでもありませぬ。跡継ぎを作ることこそ一大事と心得なされませ」

将軍にしっかりした跡継ぎがいないと、世が乱れてしまう。父の義政は長いあいだ男児にめぐまれなかったので、弟に将軍位を譲る約束をした。これが応仁の大乱を引き起こす遠因となったのである。

裁判の裁許や大名衆の賞罰などは将軍でなくてもできるが、跡継ぎを作ることだけは将軍本人でないとできない。

そこで義尚は元服するやいなや、父母の意を含んだ侍女から副臥《そいぶし》――閨《ねや》の手ほどき――をうけ、子作りにはげむこととなった。

辛気くさい学問とちがって、これは面白かった。なにしろ相手は選び放題である。御所の中の侍女はもちろん、出先で見初めた女たちも、声をかけて御所に引き込んだりし、たちまち数人の思い女《め》をもつようになった。

はじめはすすめたものの、義尚の女あさりがあまりに派手になってきたので、あわてた富子は正妻を探してきた。将軍の正室は日野家から娶《めと》ることになっている。そこで富子の姪《めい》にあたる、常子《つねこ》という女性が選ばれた。美人だが、痩せ気味でいくらか暗い感じの娘だった。急ぎ簡素な式を挙げて御所にはいってきたのは、義尚が十六歳のときである。

だが義尚の女あさりは止《や》まなかった。思い出したくもない醜い騒ぎがいくつかあって、昨年、常子とは離別している。

「あの娘に決めた」

大館尚氏がぼそりと言った。

「ほら、柱の横にいる娘でござる。さよう、薄紅の小袖姿の」

男たちの目が侍女に注がれる。小柄で可憐《かれん》な感じの女だった。

「勝手にせい」

義尚は盃を口にした。十代のはじめから飲んでいるので、酒は手放せなくなっている。

「はっ、お許しを得ました以上、なんとしても戦果をあげてご覧にいれまする」

おどけた尚氏の言葉が富子に聞こえたのか、こちらにきびしい目を送ってくる。だが知ったことか。もう母親に四の五の言われる年齢ではない。今回だって母親と参籠するなどと子供じみたことを承知したのは、金持ちの母親が軍勢を出す費用を出してくれるからであって、それ以外の理由はないのだ。

軍資金さえあれば、あとの心配はない。細川家の総領、政元——勝元の子で幼名は聡明丸——と綿密に打ち合わせをし、諸大名への通知から軍勢の配置まで、すでに決めてある。

政元は義尚よりひとつ年下だが、器量人と評判が高い。実際、頭の回転が速く度胸もある。年齢が近いせいか話もしやすい。近江へ兵を出すことにはあまり熱心ではなかったが、命じれば仕事はきちんとやる男だ。

そしてこれが母に甘い顔を見せる最後の孝行となるだろう。とにかくうるさい母から離れて自由にやりたい。わざわざ近江へ行くのも、半分はそのためだ。

酔った男たちの高笑いが聞こえる中、明王院の夜はふけていった。

二

近江遠征の支度がととのい、義尚が六角退治に出陣したのは、九月十二日である。

前夜に雨が降ったが、当日は早朝からからりと晴れあがっていた。

斯波、畠山、細川、山名といった幕府を支える大名衆の軍勢が、きらびやかな軍装で出立する。その数、およそ一万。

朝五つ（午前八時）、奉公衆に先導されて御所から出てきた義尚は、赤地金襴《きんらん》に桐唐《きりから》草《くさ》模様を浮かせた鎧直垂《よろいひたたれ》に、籠手《こて》と脇楯《わいだて》、臑当《すねあて》をつけた小具足姿で馬上にあり、腰には吉光《よしみつ》の太刀、左脇に重籐《しげとう》の弓をかいこんでいた。

その華麗さは見物に詰めかけた者たちが、

「まるで絵巻物を見ているようじゃ」

「まことの征夷《せいい》大将軍なり」

とため息まじりの声を発するほどだった。

義尚にしてみれば、物心ついたときから周囲では合戦が日常的におこなわれており、具足姿など見飽きるほど見ていた。だからこうした姿になるのはまったく抵抗がなかった。

その点、東山に建てた新たな御殿に隠棲《いんせい》しようとしている父の義政とはちがう。父は武事にうとかった。それが応仁からの騒乱が長引いた一因ではないかと、義尚は思っている。

粟田口《あわたぐち》へ向かうために三条通をとおったとき、その一角に高々と桟敷が組まれ、華やかな色合いの一団が陣どっているのが見えた。

母の富子が、侍女たちと行軍のもようを見物しているのだ。

横をとおったとき、富子が笑顔で小さく手をふっているのが見えた。

――やめてくれ！

心の内で叫んだ。この期におよんでも、まだ絡みついてくるのかと怒りさえ湧いた。

義尚は仏頂面になり、富子を無視して馬をすすめた。

近江の坂本《さかもと》に着いてしばらく待っていると、諸大名が馳《は》せつけてきて軍勢は二万数千にふえた。軍勢がそろったところで六角氏の本拠、観音寺城《かんのんじ》へと押し出す。先遣隊が舟で琵琶湖《びわこ》を渡って山田、志那《しな》に上陸し、敵の不意を突くあいだに、主力が瀬田の橋を渡って湖東へ侵入する。

六角勢は南近江の各地に布陣していたが、諸大名をこぞった大軍にはかなわないと見たか、八幡山、金剛寺などで小競り合いをしただけで退却していった。そして幕府軍の主力が観音寺城にせまると、六角勢は戦わずに逃散《ちょうさん》し城を明け渡した。

だがこれで勝敗が決まったわけではない。

六角家当主の高頼《たかより》が甲賀《こうが》へと逃げてしまったのだ。捕まえて詫《わ》び言《ごと》をさせなければ、大軍勢をひきいた将軍として示しがつかない。

当然のように義尚は追撃の命令を下したが、それは長い泥沼の戦いのはじまりだった。

義尚は坂本から琵琶湖を渡り、甲賀への入り口にあたる栗太郡《くりたごおり》の鈎《まがり》という在所へうつった。諸大名の軍勢は草津、守山あたりに思い思いに陣をかまえ、義尚は鈎の安養寺《あんようじ》を本陣とした。

陣中で義尚は生き生きとしていた。やっと鬱陶しい父母と離れて暮らせるのだ。しかも将軍として大軍をひきいてもいる。いささか得意になって、東山殿——洛東《らくとう》に新築した別荘――にいる父、義政へあてて歌を送った。

坂本の浜路を出《いで》て浪安く　養う寺にありと答えよ

義政は数年前に中気をわずらって倒れてからは、妻の富子と政治の相談をすることもなくなり、東山殿を造営することだけが生き甲斐《がい》のようになっていた。

そんな父とも、義尚はいろいろと衝突してきた。とはいえ父は父だった。義尚は出陣の前に東山を訪問してみずから出馬する決意を伝え、出陣に反対していた母の富子へのとりなしを依頼した。義政は中気で不自由な体をおして富子のところへ行き、話し合ったようだった。そうして義尚の出陣が実現したのである。

義尚の歌に対する義政の返し。

やがてはや国おさまりて民安く　養う寺を立ちぞ帰らん

だが、父の期待のようにはならなかった。

甲賀へ逃げ込んだ六角高頼は、郷士たちにかくまわれていてなかなか捕まらない。敵陣をさぐりあて、大軍で押し寄せても、相手はいち早く山中へ逃げて捕まらず、むなしく帰ることが繰り返された。

長陣になると安養寺では手狭で、用心も悪いので、義尚は少し北東に堀と土塁をそなえた陣所を築き、そこを本陣とした。

そのころから甲賀勢の反撃がはじまった。

といってもまともな合戦にはならない。甲賀勢は少人数で忍び寄っては夜討ち、火つけ、待ち伏せなどをしつこく仕掛けてくる。夜中に陣小屋から火の手があがったり、馬をつないでいた綱が切られ、興奮した馬が陣中を駆け回ったりと、兵たちはゆっくり休むこともできなくなった。

後方にある義尚の本陣までは敵も来なかったが、あちこちの大名の陣所が襲われた。

義尚は、戦陣にあるので思い女《め》らを呼ぶわけにもいかず、連日、軍議をしたり、京から持ちこまれる書類の決裁をしたりして過ごした。そして夜は決まって酒を飲んだ。戦陣の楽しみは酒しかないのだ。

十二月にはいって、鈎の里に小雪がちらつくようになっても、戦況は動かなかった。依然として六角高頼は捕まらず、大名衆は神出鬼没の甲賀の郷士たちをもてあましている。

ある夜、軍議のあと近臣たちと酒宴をしていた義尚は、宴の半ばにふらりと厠《かわや》に立った。

寒さにふるえながら用をすませ、廊下を歩いていると、庭で物音がする。

「誰かあるのか」

声をかけると、ぴたりと音が絶えた。気のせいかと思って歩き出すと、また音がする。

――もののけか。

ぞっとしたが、気を強くもって闇を透かし見ると、音がしたあたりの地面に何かがうずくまっているように見えた。

義尚は大声を出した。

「出会え！　あやしの者ぞ。出会え！」

するとうずくまっていたものが急に立ち上がり、白く光るものを抜いた。そして義尚に向かってきた。

「狼藉者《ろうぜきもの》！」

叫びつつ脇差を抜いた。黒い影が襲いかかってくる。思わず飛び退《との》くと、いまいたところの障子戸が白刃に切り裂かれた。さらに一撃がくる。義尚は脇差をかざして受けた。強い衝撃が腕に伝わる。

「曲者《くせもの》！」

近習たちがわめきながら駆けつけてくる。

「早く、早く討て。こやつを討て！」

義尚が叫ぶと、黒い影はさっと刀を引き、闇の中に揉《も》み込むように消え去った。
「ご無事で！」
どこから湧き出てきたのか、数十人の近習や近臣たちに囲まれることになった。
義尚は脇差を手にしたまま、呆然《ぼうぜん》と闇を見詰めていた。
その夜から、義尚の酒量は一段とふえた。

三

そもそも義尚が六角征伐を思い立ったのは、押領された領地をとりもどすためだった。応仁の乱以来の戦乱に乗じて、守護の六角高頼が領地内の寺社や公家、幕府奉公衆などの所領を押領してしまい、収入を断たれて困窮する者が続出していた。餓死した奉公衆までいたのである。

幕府の権威を高めようと考えていた義尚は、これを好機ととらえた。若い近臣たちも、将軍じきじきの出陣を支持した。

天下の軍勢をこぞって出陣し、六角勢を蹴散らす。六角高頼が降参したあとは、押領された所領を幕府軍が押さえ、本来の持ち主に返還するはずだった。

だが実際は返還されなかった。

義尚近臣の奉公衆たちが、幕府軍が六角勢からとりもどした所領を、自分たちのものにしてしまったからである。

義尚は出陣こそしたものの、所領返還の実務は周囲の者にまかせっぱなしだった。少し前の義政の時代なら、法務に長《た》けた奉行衆がある程度は公正な裁きをし、決められた手続きをへて所領を本来の持ち主に返していただろうが、義尚のそばにいる若い奉公衆たちは、そんな公正さとは無縁だった。

そのうちに、母の富子が怒っているとの話が伝わってきた。

「なぜ母上がお怒りなのか」

とたずねても、要領を得ない。京にいる母とは直《じか》に話せないし、自分の気持ちを書状で伝えるような人でもない。幾人もへて話が伝わるうちに、肝心なところが抜け落ちてしまったらしい。

——どうせあの母のことだから、些細《ささい》なことで怒っているのだろう。

そう思ってほうっておいた。せっかく近江へ来たいま、母とは関わりたくなかった。

年が明けても戦況は変化がなく、六角高頼は雲隠れしたままだった。

大名衆は大軍で山野を巡回するものの、甲賀衆を捕らえることはできず、逆に待ち伏せや不意打ちで痛手を受けるばかりだった。

諸大名は軍勢を出したものの、指揮官には家来をあてててきて、大名自身が出陣という例は多くない。出陣前に綿密に打ち合わせをした細川政元すら来ていないのである。それどころか、政元には六角氏に内通しているとのうわさすらあった。

そんなこともあって、軍勢の士気はあがらない。

政務をせず出陣もしない義尚は、本陣にいてもやることがない。

正月には年賀に訪れた公家らと本陣で歌会をした。以後、退屈しのぎに歌会や連歌の会をたびたび開くようになる。それればかりか京から役者を呼んで猿楽を演じさせたり、連歌師の宗祇《そうぎ》に「伊勢物語」を講じさせたりもした。催し物が終わったあとの酒宴も楽しみだった。

変わったところでは、御用絵師の狩野大炊助《おおいのすけ》正信が、子の四郎二郎《しろうじろう》をつれて陣中見舞いにきた。自筆の山水画の掛け軸と、

「東山殿のほうも、順調にすすんでおります」

と父義政の新居——といっても移住したのは五、六年も前になるが、いまだ仏殿などの建築が終わっていない——のようすをみやげ話にもってきた。

この絵師は唐絵に大和絵《やまとえ》、山水図に人物画と、何でも達者に描く。いつしか父義政のお気に入りとなり、東山殿の襖絵《ふすまえ》などを一手に引き受けている。御用絵師を命じられて大炊助を名乗ることも許されていた。

しばらく東山殿や父義政の話をしたあと、

「こちらはこやつの描いたもので。近習の方々の慰みにでもしてくだされ」

と差し出したのは、一尺四方ほどの紙に描かれた鷹《たか》の図である。正信の横にすわる十三歳の子が描いたのだという。

「ほう、これは」

と目を瞠《みは》ったのは、大人が描いてもこれほどうまくは描けまい、と思うような出来映えだったからだ。

「血は争えぬな」

と言うと、正信はうれしそうに笑った。子の出来のよさに満足しているようすが伝わってきて、思わずうらやましくなるほどだ。

最初の妻とは早く死に別れ、後妻を娶るのも応仁以来の一乱で奈良へ逃れたりしていたので遅れた正信にとって、四十を過ぎて初めて生まれた子だという。それだけに、かわいさはひとしおらしい。

多彩な来客に退屈をまぎらせていると、さすがは大将軍のご陣と妙な感心をされることとなった。

そうして滞陣が長引き、丸一年になろうとする秋の初めごろから、義尚は体調に異変を感じるようになっていた。

体がだるくて食欲がない。ときに上腹部や背中にきりきりと痛みが走る。手足の先がしびれることもあった。

医師に告げても、酒の飲みすぎを諫《いさ》められるばかりで、薬も効かない。あまりに調子が悪く、黄疸《おうだん》が出て寝込んだほどだった。

このときは医師の言うことを聞いて断酒し、なんとか回復したが、依然として体調はすぐれない。戦況もはかばかしくないので、思い切って改名したりもした。

一時は断酒したが、鬱陶しさを晴らすためまた酒を飲むようになっていった。ときおり気分が悪くなって床につくこともあったが、回復してはまた歌会を開き、酒を飲んだ。

そのころになって、昨年、母の富子が怒った理由がようやくわかった。富子の所領、近江舟木関《ふなきのせき》を六角氏から奪い返したのに、それを奉公衆が自分のものとしてしまっていたのだ。

当然、富子から猛烈な抗議があったが、奉公衆ばかりの近臣たちがごまかし、義尚の耳に入れないようにしていたようだ。

これにはさすがに義尚も怒った。

「そなたたちには、もうまかせられぬ！」

近臣をあつめて、大声で叱りつけた。熱い血が体中を駆けめぐっている。近臣たちの裏切りに対する怒りに、母になんという仕打ちをという思い、それを見抜けなかった自分に対する腹立ちも加わって、口から火を吐くかと思えるほど胸の内は燃えあがっていた。

「これからはすべての書状を見せよ。勝手に奉書を出すのはまかりならぬ。わかったか！」

怒りにまかせてそう言ったときだった。

いきなり後頭部を金棒で殴られたような激しい衝撃がきた。同時に猛烈な頭痛が襲ってきて、周りの景色がぐにゃりと歪《ゆが》んだ。

あまりのことに立っていられずに膝をつき、ついで横倒しになった。意識が薄れてゆく。近臣たちが大騒ぎしている中で、自分だけが無理矢理どこかへ連れ去られていくようなおぞましい感覚とともに、義尚は闇の中へ落ちていった。

つぎに目覚めたときは、夜具の上だった。

「おお、お気づきなされた」

結城尚豊の顔がある。二階堂政行《にかいどうまさゆき》もいた。近臣たちが心配してあつまっているのだ。

「ご気分は、いかがでしょうか」

いかがも何も、頭痛が残っているし熱もある。吐き気もする。いいはずがない。

しかし信用できぬ近臣たちにすべてを任せてはおけない。

「大事ない」

そう言って起き上がろうとした。だが左半身に力がはいらず、起きられない。

「まだお休みになっておられたほうがよろしゅうござる。医師が言うには、中気の発作であろうとのこと。しばらくは療治専一が肝要とのことゆえ、静かに御寝《ぎょしん》なされませ」

二階堂政行の言葉に近臣たちがうなずく。

なにか言おうとしても、頭がはたらかない。義尚は不安と焦燥の中で、横になっているしかなかった。

数日すると、母の富子が姉の南御所《みなみのごしょ》をつれて駆けつけてきた。

「おや、伝え聞いたよりは元気なようじゃな」

部屋にはいってくるなり、富子はそう言った。言葉とは裏腹に心配そうな顔をしている。

「中気とか。飲み過ぎじゃ。酒さえ断てば治る病じゃ。それ、あちこちの社寺で祈禱《きとう》してもらった御札ももってきた。これからはゆっくり休んで魚鳥をもたべ、滋養をつけて病を治しなされ」

と言いつつ御札を枕元にならべる。ありがたい言葉だったが、

「しばらくはここで看病して進ぜる。心安うおりなされ」

と言われては素直に従えない。

ここは戦陣で、そもそも女人を寄せつけてはいけない場なのだ。そこに侍女をふくめて十数人の女人が泊まり込むようでは、諸大名にも示しがつかない。しかも母親に看病

されるとあっては、将軍はまだ子供のままなのかと後世の笑いものになってしまう。

「戦陣に女人がくるものではない。帰ってくだされ」

と言ったのだが、富子は頓着しない。

「遠慮せずともよい。男ばかりの陣中では行き届かぬこともあろうに」

と居すわってしまった。もともと気の強い母親だけに、世間の目などは気にならないらしい。いつ夜討ちがあるかわからず、武者どもが殺気だっている陣中も平気なようだ。

義尚はため息をつくしかない。

子供への愛情が深いのはわかるが、その愛情が押しつけがましく、子供が迷惑がっているのに気づいていない。

――これでは、父上が離れたがったのも無理はないな。

義尚はそんなことを思った。物心ついたころから父と母は言い争いをしており、ついには父が母を見捨てるようにして屋敷を出てしまった。いま父は病身となっているが、母の元には帰らず東山殿に留《とど》まっている。

母はうわべはやさしくて美しく、物わかりもいい。家中を切り回し、金もうけもうまくてたんまりと蓄財し、世間に立ち向かう才覚もある。なのになぜ父が嫌うのか、義尚は不思議に思っていたが、今回、はっきりと父の気持ちがわかった。

母、富子はあまりにどっしりと存在しているので、そばにいるとその中に吸い込まれてしまうように思えるのだ。自分の無能さを思い知らされてしまう。これでは男はたまらない。逃げ出したくもなろうというものだ。

数日のあいだはやむを得ず世話になったが、頭痛がおさまって左半身が動くようになると、もう我慢できなかった。

「頼むから帰ってくだされ。総大将が母親に看病されるなど、世間に笑われまする。将軍の権威に傷がつきましょう」

懇願すると、富子は悲しそうな顔になった。

「わらわが邪魔だと申すのかえ」

「将軍の立場がなくなるのです」

わざわざ近江まで来たのはあなたから離れるためです、と喉元まで出かかったが、さすがに抑えた。

すると富子は吐息まじりに言った。

「将軍の座が、そなたには重すぎるのかえ」

「え？」

意外な問いかけだった。なにしろ九歳で将軍になったのだ。ほかの仕事など考えたこともなかった。

「たしかに重いですが、坊主はいやです」

将軍家に生まれて将軍にならぬ男子はみな寺にはいるし、女子ならば姉のように尼になる。将軍職をめぐって骨肉の争いにならぬように、そう定められているのだ。いまさら将軍の座云々《うんぬん》と言いだすとは、母は怒って将軍の座を剝奪しようとしているのだろうか。

たしかに、怒らせるだけのことをしてきた憶《おぼ》えはある。あるときなど、伽《とぎ》を命じて二、三度共寝をした御所勤めの女が、突如泣き出して伽を拒んだことがあった。どうしたのかと聞くと、女は父、義政の寵愛《ちょうあい》を受けている身だと言うではないか。

義尚はおどろいたが、知らない以上はどうしようもない。なのに事情を知った母に厳しく叱責されてしまった。これには義尚も切れて、どうして自分が叱責されるのかと、反発して言い争ったものだ。

そんなことで父母とも不和になり、正月というのに三人とも御所の自室に引き籠もってしまった。大名や公家たちが年賀の挨拶に御所を訪れても誰も面会に出なかったから、事情が世間にもれ、将軍父子が女を取りあったと京雀《きょうすずめ》たちにうわさされることとなった。

うわさの的にされた義尚はいたたまれず、将軍の座を下りるつもりで髻《もとどり》を切ったが、もちろんそんなわがままは許されない。政所《まんどころ》執事で傅《めのと》の伊勢貞宗——文正の政変で失脚した伊勢貞親の息子——にこんこんと諭され、しばらくは頭を布でおおって過ごすことになった。十七歳のときのことである。

かと思うと、その少しあとで、今度は逆に義尚の女に義政が手を出すという事件が起きた。これは父が腹いせにやり返してきたのかと思い、腹が立ってしばらくは義政と口をきかずに過ごしたものだ。

そんなことを思い出せば、母が呆れるのも理解できる。だがもう過ぎたことではないか。

「いまから坊主になれとおおせですか」

「いいや、さようなことではないが……」

富子は首をふるが、どこか歯切れが悪い。

──まだ何かあるのか。

明らかにすると都合の悪いことでもあるのだろうかと問《と》い質《ただ》したが、富子はそれ以上、何も言わなかった。

義尚が帰れと強硬に言い張ったので、富子はくれぐれもお祓《はら》いを厳重にするようにと言い残して、しぶしぶと帰っていった。

母が去ってほっとしたものの、体調は悪いままだし、戦況もよくなるようすは見えない。起き上がれるようになると、また酒がほしくなった。食欲もわかないから、口にするのは酒ばかりだ。これればかりは医師に止められてもやめられなかった。

四

近江に出征して一年半ほどがすぎた。

三月というのに、ひどく寒い。足先が凍ってしまうかと思うほどだ。

義尚は、甲賀の山中で敵を追っていた。鎧兜に身を固め、手には吉光の太刀。身軽な敵は山の茂みに隠れ、不意に襲ってくる。息を切らしながら斜面をのぼり、木と木のあいだを縫って追いかけた。

やっと敵を追い詰めた。太刀をふりかぶり、打ち下ろす。避《よ》けられた。もう一撃。

そのとき、左足に痛みを感じた。動かない。なにかに捕らわれているようだ。

見れば、誰かの手が膝のあたりをつかんでいる。それも、手は地面から伸びているではないか。

「誰だ!」

思わず声が出た。

地中からなにかが出てくる。黒い人のようなものが、白い歯を見せて笑いかけてきた。

その体は丸々として、胸に豊かな乳房がついていた。

恐ろしくなって悲鳴をあげたところで、目が覚めた。

本陣の中で寝ていたのだ。左半身が麻痺《まひ》しており、足も手も動かない。いま夢の中で、左足を動かそうとしたのだろう。

「おお、恐《こわ》い夢でも見たのかえ」

母の声だ。

「かわいそうに。夢の中まで苦しんで」

母の富子は数日前からまた看病に来ていたのだった。京から医師もつれてきて、やれ薬だ、滋養のあるものを食べなされとうるさい。特に祈禱には熱を入れ、病床の周りで何度お祓いをしたかわからないほどだ。

秋に発病した中気は、一時は治るかと思えたが、正月を過ぎてから二度目の発作が起こり、また左半身が動かなくなった。黄疸も出てきて、ふたたび寝込んでしまっていた。一度寝込むと、もう食べ物を受けつけなくなった。三月にはいると起き上がることもできなくなり、母が駆けつけてきたときには、終日床の中でうつらうつらして過ごすようになっていた。

元気なら、戦陣に女は無用と母を追い返すところだが、いまではいちいち応答する気力もない。

「酒の飲み過ぎじゃ。酒さえ飲まねば、健《すこ》やかに暮らせるものを」

「飲まずにはいられぬのでしょう。あちこちから勝手なことを言ってきますからね。将軍のひと声で、幾千もの銭が動くのですから」

姉も来ている。ときに辛辣なことを言う。

「医師はなにをしておる。薬はないのかえ」

母はいらいらして医師にあたるが、効く薬がないのはこの半年ほどでわかっている。

数日、母の看病をうけた。しかし病状は好転せず、日増しに悪化してゆくばかりだ。

さすがに自分でも、死期がせまっていると思わざるを得なかった。この若さで死ぬとは、少し前までは思いもよらぬことだったが、もはやどうにもならぬ状況のようだ。そう思うと、たまらなく気分は沈み込んでゆく。

しかし、死ぬ前に将軍としてやっておくことがある。

「……母上、は、は、う、え」

明かりが灯《とも》っているので、夜なのだろう。終日付きっきりで看病している富子に、義尚は話しかけた。頼りたくはないと思っても、つい頼ってしまう。

富子はうたた寝していたが、すぐに目を覚ました。

「なんじゃ。喉が渇いたか。白湯《さゆ》でも飲むか」

寝ぼけた声が返ってきた。

「いいえ、もういけませぬ。とても助かるとは思えませぬ」

「何を申すのじゃ。気を強く持ちなされ！」

「度重なる不孝を、お、お許しくだされ」

「不孝なものか。一日も早くよくなっておくれ。医師の言うとおり薬を飲み、滋養のあるものを食べれば、すぐによくなるものを！」

　母の声は乱れている。

「それより私の亡きあとは、この陣地に火をかけて軍勢を都に帰すよう、申し伝えてくだされ」

　これで戦乱の始末はつく。

　口をきいて力が尽きてしまい、また深い霧の中へ沈んでいった。

　どれだけ時間がたっただろうか。

　意識がもどったとき、なぜか苦痛は感じなくなっていた。ぬるま湯の中でたゆたっているような、いい気持ちだ。もう目が開かず口も動かない。だが耳は聞こえる。枕元ですすり泣く声がする。母だ。母が泣きながらなにか訴えている。

「やはり、やはり赤子のときに寺へ入れ、坊主にすべきであった」

「いまさら嘆いても始まりませぬ」

　醒《さ》めた答えは、姉だろう。母の声がつづく。

「この子が生まれたとき、どうしても将軍にしたいと思うた。それこそがこの子のためだと思うたが、あやまりじゃった。将軍の座など今出川の義視にくれてやり、この子は坊主にしてやれば、いまごろは酒も飲まず、安穏に暮らしていたであろうに」

昔のことを悔いても、もう遅い。それに坊主などは御免だと思う。

「この子が生まれる前に、もののけに襲われたことがあった。今参局とて、わらわを恨んで死んだ者の死霊じゃ。その恨みが、いまごろになってあらわれたのじゃ。わらわでなく、この子に祟《たた》ったのじゃ」

ああ、そんなことがあったのか。それを母がずっと気にしていたから、なにか隠しごとをしているように見えたのか。

「おのれ死霊め、なぜこの子に祟るのじゃ！　どうせならわらわに祟れ！」

怒気を含んだ母の言葉を聞いて、沈んでいた心がふっと軽くなった。

ここにひとり、自分のことを思ってくれる人がいると思ったのだ。他の者はみな、将軍の地位を利用することしか考えていなかったというのに。

「母上、さように嘆かれますな。私は将軍になって十分に幸せでした。酒毒に負けたのは私が至らないからで、決して母上のせいではありませぬ」

そう言おうとしたが、口が動かないし目も開かない。もどかしく思ったが、それも束《つか》の間《ま》で、やがて母の声も遠ざかってゆき、義尚はあらがいようもなく暗黒の中へ落ち込んでいった。

義尚は鈎の陣中で没した。享年二十五。

死後すぐに、遺言のとおり鈎の陣は引き払われ、諸軍は義尚の棺《ひつぎ》を守るようにして京へ帰還した。

都では多くの人々が沿道に軍勢の見物に出てきた。一条大路に達したところで、棺だけが軍勢からはなれ、足利家の菩提寺《ぼだいじ》、北山の等持院《とうじいん》へ向かう。

このとき、棺についていた富子の輿《こし》から、あたりかまわぬ大きな泣き声がもれてきた。

その声はしばらく止まなかった。

周囲の知る者も知らぬ者も、これにはみな涙を流したと伝わっている。

天狗の如く

一

人々が寝静まった京の町に、四月の蒼《あお》い月明かりが降りそそいでいる。

日中の喧噪《けんそう》はうそのように消え去り、ときおり闇を震わせる犬の遠吠《とおぼ》えのほかは、風の音すら聞こえない。

室町第のとなりにある幕府政所執事《まんどころしつじ》、伊勢貞陸《さだみち》邸の奥座敷には、夜更けというのに明かりが灯《とも》っている。

座敷には主人貞陸のほかに客がひとり。だがその客の姿が異様だった。頭に頭襟《ときん》をいただき、身には篠懸《すずかけ》の衣に結袈裟《ゆいげさ》という山伏装束をまとい、しかも座敷の上座にすわっている。

前管領《かんれい》の細川右京大夫政元が、微行《しのび》で来ているのだ。

「ついに決心なされたか」

貞陸は、山伏姿の政元に目を注ぎながら言った。

「決心などというものではない」

政元は首をふった。顎が大きく角張った輪郭の赤ら顔で、脂性なのか頬などてらてらと光って見える。

「やらねばならぬことをやる。ただそれだけよ。幸い、敵は隙を見せた。ならばそこに付け込むのは、兵法にかなっておろう」

「兵法はともかく、前代未聞の荒ごとにござる。もしうまくいかなかった場合、どうなるかわかっておられるかな」

貞陸は念を押した。政元は大きな鼻先で笑い飛ばした。

「ふん。あのような者を相手に、仕損じなどあるものか。もし仕損じたとしても、この首が飛ぶだけよ。それしきの覚悟はできておる」

「そう見くびったものでもありますまい。なにせ相手は……」

そこまで言って、貞陸は言葉をのんだ。そして「で、手筈《てはず》は？」と話題を変えた。

「ほぼととのっておる。そなたは山城の国人どもにしらせてもらいたい」

「それは申すまでもありませぬが……。大名衆は、どなたかご存じでしょうかな」

「幾人かには、話した」

「公家のほうは？」

「そちらも手は打ってある」

「その者どもから漏れる気遣いは？」

「ない」

政元は断言した。

「わしが押さえつけておる。もし漏らしたら、すぐにわかる」

「わかる？」

「ああ。すぐにな」

どうやって、と貞陸は聞こうとしたが、やめた。凡人の理解を超えた不思議な答えが返ってくるに決まっている。

「では頼んだぞ。首尾は追って知らせる」

そう言い置いて、山伏姿の前管領は腰をあげた。控えの間にいた、これも山伏姿の男三名があとにしたがう。

門まで見送り、闇の中に四人の姿が溶け込んでから、貞陸は屋敷の中へ引き返し、母屋の西側にもうけた離れへ足を向けた。そこに隠居した父、貞宗がいる。

「ただいま帰ってゆきました」

「苦労じゃ。どうであったか」

父の問いに、貞陸は答えた。

「いよいよ清晃《せいこう》どのを押し立てるそうな」

「同時に兵を挙げるのか」

「御意」

「ふむ。博奕《ばくち》に打って出たわけじゃな」

「大丈夫でしょうか」

「わからぬ。が、乗るしかあるまい。いまのままでは右京大夫どのもわしも、窮屈でならぬ」

貞宗のいうとおり、政所執事の地位にある伊勢家も、管領家である細川宗家も、いま窮地にあった。運命のいたずらともいえる成り行きで、むかし敵にまわした足利義視の子、義材《よしき》が将軍の位についているからだ。

二十数年前、応仁の世にはじまった大乱で、天下の諸大名は東西に分かれて戦った。東軍と呼ばれたのがいまここにいた細川政元の父、勝元の軍勢で、西軍が山名宗全を大将とする者たちだった。

大乱の中で、足利義視はまず東軍の細川勝元にかつがれて当時の将軍、義政の意向を無視する形で将軍を名乗った。しかしやがて勝元にうとまれて京を逃げ出し、のちに敵方の西軍に奔《はし》った。その西軍において将軍としてふるまい、御教書《みぎょうしょ》を出すなどした。つまりそのときから、勝元がひきいる細川宗家に敵対する存在となったのである。

また伊勢家は、応仁の大乱の前に貞宗の父、貞親が義視を暗殺しようとして失敗していた。以来、義視方の恨みをかって敵視されつづけている。

大乱は結局、東軍の細川家と義政・義尚父子が西軍を許す形で終わり、つぎの将軍の座は義政の息子、義尚に定まった。義視と義材の父子は居場所がなくなって美濃へ逃亡してしまい、一時は人々から忘れられていた。

しかし運命は皮肉な廻《めぐ》り方をした。

それから十年あまりが過ぎたところで義尚が病死し、翌年にはその父の義政も亡くなり、将軍の座にすわるべき足利家正嫡の者がいなくなってしまったのである。

となると次に将軍となるのにふさわしいのは、足利宗家の血をひく義政の弟かその子という話になる。

貞宗や政元は、清晃――義政の異母兄で関東に出向し、堀越公方《ほりこしくぼう》と呼ばれていた足利政知《まさとも》の子である――という当時九歳の少年僧を将軍にと推したが、御台所《みだいどころ》である富子のはからいで、義視と義材の親子が急遽《きゅうきょ》、美濃から呼びもどされ、若い義材が新しい将軍の座につくことになった。義材の母親が富子の妹であることが決め手となったのである。

清晃は、天龍寺《てんりゅうじ》の塔頭《たっちゅう》、香厳院《こうげんいん》でひとり僧侶として暮らしつづけることになった。

いざ将軍と定まると、案の定、義視と義材の親子は細川家と伊勢家を冷遇した。管領職には畠山政長がつき、政元は力を失った。政所執事は伊勢家のほかに代わりがなかったのでそのままだったが、これまでのように将軍家が信頼を寄せることはなく、伊勢家が政治に関与することもなくなった。

義政の死から一年ほどで義視が没すると、後見人がいなくなった義材は、義尚とおなじく将軍の直轄軍である奉公衆——大名の子弟や小領主から成り、将軍に近侍する——を強化し、その力を基に大名たちを幕府の統制下に置こうと動き出した。そうして義尚が失敗した近江の六角征伐を、また始めたのである。

この試みは一応成功した。近江を武力で押さえ、幕府に逆らった守護を罷免し、新たな守護を任命したのち、義材は勝者として京に凱旋《がいせん》した。

成功に気をよくした義材は、この春には河内への出兵を決め、管領の畠山政長と諸大名を引きつれて、近江とおなじようにみずから出馬していった。

そのためにいま、将軍とその直轄軍である奉公衆は京にいない。天下の軍勢を引きつれているので、河内でも優勢にいくさをすすめており、そこが片付いたら、つぎの標的は政元だともうわさされていた。

政元が動いたのは、そうした情勢の下である。

二

貞宗は腕組みをして言った。

「それにしても、管領になるべきお人が山伏姿でみずから出歩かれるとはな。大変な御仁じゃ。あれでは公方さまもたまるまい」

「まったく。錫杖《しやくじよう》を鳴らしてお出《い》でになったときには、おどろきました」

山伏に化けて夜中に訪問してきたのは、敵の目をくらますつもりなのだろうが、政元の場合はそのためばかりとも言い切れない。ふだんから好んで修験道の修行を積んでいる、とのうわさがあるからだ。

「政元どのは長年、修行を積んでいるので、宙に浮くことができるとか……」

「よもや!」

貞陸の言葉を、貞宗は笑い飛ばした。

「これまで五十年生きてきたが、人が宙に浮く姿など見たことがない」

「はあ、しかし、飯綱《いづな》の法を使えば、あるいはできるかと」

飯綱の法とは、厳しい修行を積んで法力を体得した者だけが使える術で、空を飛んだり狐《きつね》や梟《ふくろう》のような天狗《てんぐ》の化身を使役するという。貞陸は政元と同年配なので、政元の奇行について耳にする機会が多く、そのうわさを半ば信じているようだ。

「前管領が飯綱使いか。まあ、あの御仁ならやりかねんが」

政元が秀でた男であることは、幼少のころから聞こえていた。父の勝元が「聡明丸(政元の幼名)さえいれば細川の家は安泰」と言っていたのである。管領として天下を治める器量がある、ということだろう。

度胸があり、かつ思慮もあることは、今回の行動でもわかる。ずいぶん綿密に、また大胆に仕掛をしているらしい。

ただし器量がある分、鼻っ柱の強さも相当なものだ。

前将軍の義尚も政元を信頼していて、近江出陣の際にも政元にだけ相談し、ふたりでひそかに出陣の支度をすすめたという。しかしささいなことで義尚とぶつかり、不興を買って義尚から遠ざけられたと聞こえている。人に使われるのが苦手な男のようだ。

しかも今回の山伏姿のように、修験道に執心するという奇妙な性癖もある。ただ山伏らを身近におき、祈禱《きとう》をさせるだけではなく、自身が山伏のように修行し、神通力を得ようとしているという。

修験道の教えに従っているせいか、ふだんから烏帽子《えぼし》をつけず、妻帯もしていない。女人に触れると神通力が弱るというのだから、なんとも世間の理解を超えている。

二年前に政元は百数十人の供をつれて東国へ旅立ったが、出立前には全員が山伏姿になるといううわさもあった。実際はふつうの旅姿だったが、山伏が廻国《かいこく》する際の行路を歩き、山岳で修行をしつつ、奥州の霊地をめざす旅であったらしい。奇人といえば奇人である。

「ともあれ、言われたことはやらねばならぬ。われらの世がくるようにな」

貞宗は息子にそう言い聞かせた。

ふたりがそんな話をしているあいだに、政元の一行は夜の町を歩いていた。

四《よ》つ辻《つじ》にくるたびに政元は立ち止まり、印をむすんで、

「ノウマクサンマンダ・バサラダンセン……」

と真言を唱え、四方へ目を配っては通りすぎた。夜の闇にまぎれて悪霊が取《と》り憑《つ》かないようにとの用心である。

――早く法力を身につけ、こんな真似《まね》をしなくとも空をひとっ飛びにして、屋敷から屋敷へと移りたいものだ。

そんなことを考えつつ歩く。

政元は、自分を愛宕勝軍地蔵《あたごしょうぐんじぞう》の生まれ変わりだと信じている。

長らく男児を得られなかった父の勝元が、愛宕山に参籠して願をかけ、四十前にやっと生まれたのが政元だという話に基づいた信念である。

父勝元が大乱の最中《さなか》に死ぬという混乱の中、八歳で家督を相続したが、幼かったため家中を統率できず、十四歳のときには一時、家臣に拉致されて幽閉されたこともある。

そうした厳しい状況の下で政元は愛宕山を崇拝し、しばしば参詣した。愛宕山は修験者の道場で、勝軍地蔵を本宮とし、奥の宮は本邦一の天狗とされる太郎坊を祀《まつ》っている。

参るたびに修験者からさまざまな話を聞かされたので、修験道を信仰するのは政元にとって自然なことだった。

しばらく歩いて到着したのは、播磨、美作など三国の守護をつとめる赤松政則《まさのり》の屋敷である。

「夜中にわざわざご足労、痛みいりまする」

政則は政元を待っており、謹厳な面持ちで迎えて上座にすわらせた。

政元は鷹揚《おうよう》に言った。

「なに、話はほかでもない。公方さまのことじゃ。このままでは天下は治まるまい」

「まことに仰せの通りで。いくさにばかり熱心では、大名どももたまりませぬ」

出陣となれば戦費がかかる。しかも合戦で手柄をたてたとて、恩賞はないに等しいのである。近江出兵につづく河内出兵に、大名たちは倦《う》んでいた。赤松家も家老が大軍をひきいて参陣しているので、他人事《ひとごと》ではない。

「公方さまは長く京から離れておられたゆえ、政《まつりごと》なるものをよくわかっておわさぬようじゃ。ここはひとつ、諫言《かんげん》いたし、わからぬようならば、ご自身の進退をお考えいただかねばなるまい」

「まことにもっともなるご意見。それこそ管領家のお役目でござりましょう」

「されば、力を合わせてくれるな」

「およばずながら、犬馬の労をとりましょう」

すでに家臣たちのあいだで話がまとまっており、こういう返事がくるのはわかっていた。そもそも赤松家は、数十年前に時の当主が公方さまを討ってしまい――嘉吉の乱という――、そのため天下の軍勢に領国まで攻め込まれ、宗家を潰されていた。のちに家臣たちが奔走し、幕府の許しを得てお家を再興したのである。そのときに力を貸したのが細川家だった。以来、赤松家は応仁の乱中もずっと細川家に与《くみ》してきた。

「ありがたい。されば一報あり次第、軍勢を動かしてくれ」

「心得てござりまする。では、あちらの件もよろしく願いまする」

「わかっておる。明日にもよき返事をもたらすであろう。頼んだぞ」

話はそれで終わった。山伏姿で夜の京の通りに消える前管領を、政則は見送り、ほっとため息をついた。背後で不安な顔をしている家来たちには、

「河内に出ている者たちに伝えよ。一報あるまでみだりに動くなとな」

と命じた。

三

翌日、政元は昼すぎまで上京の屋敷に籠もっていた。

屋敷は人の出入りが激しい。あちこちに使者に出した家臣たちから報告があがってくる。政元はそれを聞いてまたさまざまに指示を出し、一方で書状を書き、また家臣たちと相談するなど、朝から忙しく立ちはたらいていた。

「姉者からの返事はまだか」

だれかれに指示を出す中、政元はその日何度目かの問いを発した。

「いまだ使者がもどりませぬ」

「遅すぎるぞ。えい、使者がもどったらすぐ知らせよ」

政元はいらついている。今回の企てには、尼になっている姉の協力が欠かせないのに、色よい返事がもらえないでいるのだ。

「殿、そろそろお支度を。大御台は気ぜわしい方にありますれば、あまり遅れては機嫌を損ねまするぞ」

家臣のひとりが険しい顔で急《せ》かす。

「おお、そっちもあったな」

右筆に書かせた書状に花押を書こうとしていた政元は、顔をあげた。

「内意は得ておりますれば、あとひと押しを願いまする」

「わかっておる。では供をせよ。出かけるぞ」

政元は馬で屋敷を出た。馬上と歩行の者を合わせ十名ほどがしたがう。さすがに昼間だけに山伏姿ではなく、通常の素襖袴《すおうばかま》をつけている。

一行が向かった先は、東山殿である。

「ようござった。支度はすすんでおるかえ」

面会したのは、尼僧姿の富子だった。

富子は夫、義政の死後に出家し、いまは大御台とも一位尼《いちいのあま》とも呼ばれている。髪はおろしたものの、つややかで白い肌は以前と変わらない。義政の死後、むしろふくよかになったようにも見える。また内裏《だいり》や諸大名のあいだにおいて、出家後もその威望に翳《かげ》りは見られない。

「すすんでおりまする。内裏のほうへの手回しは、いかがで」

政元の問いに、富子はうなずいた。

「心配ない。わらわから願いをあげれば、通らぬことはない。いつなりとも奏上するがよい」

富子は、今回の企てに乗り気である。最初に話をもちかけたのは政元のほうだが、いまではどちらが主導しているのかわからないほどだ。

義材を将軍に押しあげたのは富子だが、義材は将軍になってしまうとその恩を忘れ、富子をないがしろにする挙に出た。富子は政治から遠ざけられたばかりか、住んでいた小川第も義材の兵によって打ち壊された。そのため富子は憤慨し、おりあらば義材を除こうとしてきた。

「されば、あと数日の猶予をいただきたい。兵どもの支度もありますれば」

「数日か。それでできるか」

「ぬかりはありませぬ。このために二年以上も前から算段をしてきましたゆえ」

政元の二年前の東国行きも、ただの物見遊山ではなく、東国をおさめる堀越公方や上《うえ》杉《すぎ》、山内といった有力者らから、今回の企てへの協力を取りつけるための旅だった。

実際は堀越公方の足利政知が病没したため、越後から引き返し、東国との連携は不首尾に終わったが、上杉氏らからそれなりの手応えは感じとってきたのである。

「ついては、少し無心してもよろしいかな」

「無心？　またか。わらわとて打ち出の小槌《こづち》をもっておるわけではないぞ」

富子は渋い顔になった。政元は表情を変えぬままに言う。

「やはり兵を動かすとなれば、それなりに出るものは出るので。京のほうはさほどかからねど、河内へ遣わすとなると、一万や二万の軍勢ではききませぬ」

一瞬、富子はだまりこんだが、やがて小さなため息とともに、

「米か銭か」

ときいてきた。

「どちらでも、ありがたし。米ならば五千石ほど、銭なら三千貫文を」

「しょうがないのう。あとで配下の者を遣わすがよい。なんとかしておくわえ」

「心得た。ありがたく頂戴つかまつる」

一礼して、政元は東山殿を辞した。

屋敷に帰ってみると、まだ姉からの返事がきていない。

「なぜ返事がないのじゃ」

政元は険しい声でたずねる。

「説得に手間取っていると見えまする」

という配下の者に、

「この愚か者が！　脅してでも承知させぬか。ええい、もう待てぬ。馬をひけ」

叱りつけておいて政元は、みずから今出川通を西へと馬を駆けさせた。

行先の龍安寺は父の勝元が創建した寺で、応仁の大乱で焼けたあと、政元が再建した。

ここには政元の姉、めしいが尼僧として住んでいる。子供のころに出家して以来ずっと寺で暮らし、いまは三十過ぎになっていた。

「姉上はおわすか」

檀那《だんな》の急な訪問に、あわてて迎えに出てきた住持たちには見向きもせず、政元はずかずかと境内に踏み込んだ。自分が再建しただけに勝手は知っている。

姉の住む庵《いおり》は、境内の最も奥にある。

姉のめしこと洞松院《とうしょういん》は、顴骨《かんこつ》の張り出した顔に、細い眼と小さく低い鼻が張りついている。お世辞にも美形とは言いがたい。政元の顔を見ると露骨にいやそうな顔をしたが、政元はかまわず姉の前にどかりとすわりこんだ。

「あまり手間をとらせないでもらいたい。いまや細川のお家の浮沈が姉上にかかっておるのですぞ」

「父上はここで静かに一生を送れと申しておったぞえ。いまさら還俗《げんぞく》して嫁に行けとは殺生なことよ。そなたは父のお指図を違《たが》えるのか」

姉は、うらめしそうな目を政元に向けた。

「お家のためじゃ。父上も冥土で見ておれば、承知してくれるわ」

「勝手なことを。争いなら、男どもだけでやるがいいわ」

「そうもいかぬ。それに、相手は三国守護のお方じゃ。悪い嫁ぎ先ではないと思うが」

「嫁ぐとは名ばかりで、細川家の質物にするのがまことのところじゃろう」

「赤松どのも姉上を望んでおられる」

「馬鹿にするでないわ！」

姉は両手で顔をおおった。

「こんな面をした三十すぎの婆《ばば》を、だれが望むものか！」

叫ぶように吐き出すと、声をあげて泣き出した。もう何を言っても聞こえないようだ。

政元は舌打ちした。これだから女は始末に困ると思う。庵を出ると住持らを呼び、命じた。

「今日中にわが屋敷に連れてこい。文句を言おうが何をしようが、縛り上げて輿《こし》にのせてでも連れてくるように。わかったな」

監視のための近習を残し、屋敷に急ぎもどった。やるべきことがまだ山のように残っている。

「いかがなされまするか。丹波の者ども、兵糧をくれと矢の催促でござる」

指示をもとめる家臣たちが群がってくる。

「まず十日分の兵糧をもたせよ。いつ京へ着きそうか」

「兵糧の目途がつき次第、出立すると申しておりまする」

別の家臣がすかさず口をはさむ。

「摂津衆が恩賞の約束をもとめておりまするが、ご返事は」

「誰であれ見事手柄を立てたなら、恩賞はつかわす。さよう伝えよ」

日暮れまでそうしてほうぼうに指示を出し、また家臣たちから京や河内、諸大名の情勢を聞いた。

暗くなると、さすがに家臣たちも寄ってこなくなる。ほっとして遅い夕餉《ゆうげ》をとった。

——この二、三日が勝負か。

考えながら飯を頬張る。領国の兵を京に呼びよせ、諸大名や公家たちに協力を呼びかけたら、いくら今度の企てを隠そうとしても無理だ。あとは走るしかなくなる。

本当にぬかりはないか。どこかに穴があいていたら、企てはたちまち潰れてしまう。味方が敵にかわり、多くの軍勢に追われて都落ちせざるを得なくなる。

考えるうちに、これはまことに自分が望むことなのか、家臣たちに乗せられて、闇雲に突っ走っているだけではないのかと心配になってきた。行き着く先は破滅ということにならないか。

急に心ノ臓が躍りはじめ、顔がかっと熱くなった。

またかと思った。近ごろはこうした症状に見舞われることが多い。こうなったら眠るのもひと苦労だ。

「誰かある。湯殿の支度をせよ。いや、湯はわかさずともよい」

もう行《ぎよう》をするしかない。

湯殿で水垢離《みずごり》をとって体を清めると、白い浄衣《じようえ》に着替え、内庭の奥にある持仏堂に向かった。

持仏堂の外には篝火《かがりび》が焚《た》いてある。

堂内にはいると、本尊として壇の中央に祀られている蔵王権現《ざおうごんげん》――恐ろしい憤怒《ふんぬ》の形相で三鈷杵《さんこしよ》を振りあげている――の像に向かい、三拝した。そして三尺さがってその場に結跏趺坐《けっかふざ》する。

半眼になり、観想にはいった。

一心に小さな狐――管狐《くだぎつね》という――の姿を思い描く。詳細に思い描けば、それが実体となってここにあらわれ、自分の命じるとおりに動いてくれるはずだ。すなわち魔力を得るのである。まだその境地まで行き着かないが、もうひと息という感触はある。

ついで天狗を観じた。自分が天狗になったつもりで、はばたき、空を飛ぶところを思い描く。これはうまくいった。

政元は立ち上がると、烏飛《からすと》びを試みた。持仏堂の濡《ぬ》れ縁《えん》から庭に向かい、思い切り飛ぶのだ。天狗のように空を飛ぶための、最初の段階である。

真言を唱えつつ九字を切り、息を鎮め、膝を曲げた。

くわっ、というかけ声とともに袖を広げ、飛び上がった。宙に浮いた、と思った直後、地面に足が着いた。

やはり無理である。

――まだまだ修行が足りぬな。

寝る前に片手間にやるのでは無理だ。もっとゆっくりと観想せねば。半年ほど山籠もりして修行したいものだと思う。

それでも心が洗われたように感じた。これでなんとか眠れそうだ。

ほっとして政元は寝間にはいった。

四

四月二十日をすぎると、政元の所領、摂津や丹波などから兵が続々と京に到着し、上京の細川屋敷周辺を埋めた。

前触れもなくあらわれた大軍に京の町衆たちはおどろき、合戦を恐れて家財を荷車に積んで洛外《らくがい》へ逃げる者も出たほどだった。

しかしその日、政元は内庭の持仏堂で朝から行にかかっていた。そのため下知を出す者がおらず、兵たちは待たされて、いたずらに屋敷周辺に滞留するばかりだった。

水垢離をとり、体を清めて持仏堂にはいり、さまざまな観想をすると一刻《いっとき》ほどかかる。そのあいだ、政元は屋敷に不在も同然となるのだ。

その日も管狐の観想はうまくいかなかった。どうしても実体としてあらわすことができない。

あきらめて持仏堂を出た。

「殿、もはや機は熟しましたぞ。お下知を」

母屋に姿を見せた政元に家臣が迫る。

「兵はどれほどあつまったか」

聞くと、四万近い軍勢が到着し、なおも丹波から後続が来る予定だという。

それだけあれば十分だろう。

「されば都を押さえる軍勢を進発させよ」

政元の下知で兵は京の各所に向かった。

一方で天龍寺に政元の手勢が出向き、一度は義材と将軍位を争った清晃を輿に乗せ、相国寺へ移した。ここなら政元の手勢によって清晃を守ることができる。

「長いあいだお待たせ申した。いまこそ将軍となっていただきますぞ」

すでに打ち合わせは済んでいる。政元の家臣がささやくと、十三歳の少年僧は青い顔をしてうなずいた。

清晃が相国寺で還俗の支度をしているあいだに、京の各所で政元の兵は行動を起こした。室町第を包囲し、留守居の者や義材の側室たちを追い出す。管領畠山政長の屋敷を襲い、占拠した。

同時に、伊勢家より河内に出陣している諸大名家へ使者が遣わされた。京を押さえたことを伝え、政元に味方するよう、諸大名を説得するためである。

政元は、その日のうちに内裏に清晃の叙位と将軍への任官を奏聞した。気にくわない義材を将軍の座から降ろし、還俗したばかりの清晃を将軍位につけようとしたのだ。

内裏は騒然となった。なにしろ家来である管領家から、主人である将軍の差し替えを申し出てきたのだ。下位の者が上位の者を廃立するとは、前代未聞のことである。三条西実隆《さんじょうにしさねたか》ら重臣たちが主上《しゆしよう》と相談したが、どうとも決められない。公家の幾人かは政元の奏聞を支持したが、内裏としてはうかつには反応できない。新しい将軍を認めてしまったのち、義材が京へもどってきて政元らを追い払ってしまったら、大変なことになる。主上が譲位するくらいではすまないだろう。情勢を見て、どちらが勝つか見極める必要があったのである。

ここで政元の企ては止まってしまった。

政元は待つしかないが、そのあいだは不安でならない。

「ええい、まだ勅許はおりぬか」

もし新たな将軍を擁立できなければ、政元は謀叛人《むほんにん》として天下を敵にまわしてしまうのだ。ここが剣が峰である。

一日目はそのまま暮れ、二日、三日と待ったが、内裏は動かない。

「どうした。内裏は受けたか」

朝に夕に家臣にたずねるが、「いまだ動きなし」という返事ばかりだった。ちょうど内裏にて阿弥陀経《あみだきよう》談義が予定されており、主上も聴聞するので奏聞は受けつけられないというのだ。口実をもうけて、様子見を決め込んでいるのである。

困ったことに、河内の軍勢も動かない。諸大名は迷っていて、動きを止めて京のようすを見ているようだ。

「赤松家は、動いたか」

尼になっていた姉をわざわざ還俗させてまで嫁がせ、こちらの味方にしたのだ。当然、真っ先に河内から軍勢をひいて、義材に叛《はん》するところを見せてくれるはずだ。

「いえ、まださような知らせははいっておりませぬ」

家臣が不思議そうに答える。

赤松家の軍勢さえ、様子見をしている。

「ええい、大御台はどうした」

「たしかに公家衆には伝えてあるとおおせになるばかりで」

なんと。富子も頼りにはならないようだ。

進むも引くもならず、時ばかりが過ぎてゆく。

政元は日に何度も持仏堂に籠もり、行にはいった。そのたびに家臣たちは指示を待つことになり、屋敷に不満がうずまく。

政元は必死だった。

公家たちの尻を叩《たた》くだけでなく、修験者たちに怨敵調伏の祈禱をさせ、自身も一心に祈った。この難局を法力によって切り抜けようと考えていたのだ。

だが内裏は動かず、河内の軍勢も留《とど》まったままだ。

「どうしたのだ。験《げん》がない。いくら祈禱しても効かぬ。飯綱の法も効き目をあらわさぬ」

政元はあせった。あるじである将軍を敵にまわすという、武士にあるまじき企ても、自分が法力を身につけていればこそ成功すると思っていたのだ。それが空回りしている。

このまま局面が動かなければ失敗だ。河内の大軍勢が京へ向かってきて、政元を攻めるだろう。すわ都落ちか、とまで考えていたとき、侍一騎と侍女二名の供回りを連れただけの輿が、政元の屋敷に着いた。

富子がたずねてきたのである。

政元に会いたいという。

「女がこの期におよんで何の用か」

と思いつつ会ったが、富子は政元の顔を見るなり、

「なにをしておる。早く都を押さえぬか」

と厳しい声を出した。

「すでに御所も管領邸も押さえましたぞ」

政元が返答すると、富子は首をふった。

「それでは足りぬ。義材の眷属《けんぞく》、配下もすべて押さえねばならぬ。わらわが教えるゆえ、

兵を向けなされ」

義材には弟妹や御所以外に住まわせている側室、それに京に残した近臣たちがいる。そういう者たちをみな捕まえてしまえというのだ。

「捕らえたら、みな首をはねよ」

「そこまでせねばなりませぬか」

政元はおどろいた。相手は僧や尼ではないか。何の罪があるというのか。

しかし富子は言い張る。

「御所など押さえたとて、やがて河内の軍勢がもどってきて取り返すばかりじゃと、世間は見ておるわ。かの者たちを討たねば京を押さえたことにはならぬし、のちの仕返しを考えれば、われらも安心できぬぞ」

罪のない者を殺すなど気が進まなかったが、政元とてほかに案はない。やむをえず富子の指図のとおり、慈照院周嘉《じしょういんしゅうか》など義材の弟妹や近臣の葉室光忠《はむろみつただ》などを捕らえ、斬った。

これが河内にいる諸大名に伝わると、政元が本気だとわかったのか、にわかに動揺をきたし、陣を引き払って帰国する軍勢が出てきた。その上、伊勢貞宗の書状も効き目をあらわし、将軍の直轄軍である奉公衆も義材を見限り、京へもどりはじめた。河内の合戦で勝ったとしても、管領畠山政長の領地がふえるばかりで、奉公衆への加増はないと見られていたためでもある。

義材配下の軍勢は数日の間に激減し、わずか数千をかぞえるばかりになった。

ここまできて、内裏がようやく動いた。

まず政元の奏聞に対して「お心得あり」と返答があった。そこで政元は清晃を自邸に迎え入れた。足利義遐《よしとお》と名乗った清晃は従五位下に叙され、ついで将軍にも任じられようかという形勢になってきた。

さすがは長年にわたって幕府の政治を見てきただけに、富子は勘どころがわかっていると、政元は感心した。自分などはまだまだおよばない。

「これで軍勢を差し向けられまするな」

「まさにいまこそ敵を打ち崩す時じゃ。存分になされるがよいわ」

富子にも励まされ、政元は家臣に四万の大軍をあずけて河内へ派遣した。

手勢をほとんど失った義材と畠山政長らは籠城して対抗したが、政元の大軍に囲まれてたちまち敗勢となり、まず政長が自害。ついで義材が、足利家伝来の「御小袖・御剣」をもって政元の家臣の陣に降参してきた。

河内における合戦は、政元の完勝に終わったのである。

囚《とら》われの身となった義材は京へ連行され、龍安寺に幽閉されることになった。ここに至ってようやく政元の思惑どおり、将軍の廃立が成功したのである。政元は幕府の実権をその手ににぎった。

――さて、まずはうまくいったが……。

ほっとしつつも、政元は満たされぬ気分でいた。

企ては成功したものの、富子の手助けによるところが大きかった。一方で修験道による祈禱は、なかなか効き目をあらわさなかった。それに自分の法力もまだまだ未熟で、いまのところ何の験もない。力不足を思い知らされては、喜びも十分とはいえない。

しかし物思いに沈んでいる暇はない。幕府を思い通りにできるようになったが、いざそうなってみると奉行の任命や訴訟の沙汰など、やることは山ほどあり、行をする暇さえなくなった。

ある昼下がり、内裏への申し入れについて話し合う必要があって、東山殿に富子をたずねた。用件を切り出すと、富子は首をふった。

「それしきのこと、わらわが出るまでもない」

甘露寺《かんろじ》どのに申してみよ、わらわが一筆進め参らせるゆえ、それで納得されようと言われ、用事はすぐに終わった。

「どうじゃな、幕府を動かす気分は」

帰り際に、富子にたずねられた。

「はあ。忙しいばかりで、とりたててよいこともありませぬな」

と正直に告げると、

「はは、そうしたものじゃわ」

と扇で口を隠して笑った。

それにしても、と思う。富子の肝の据わり方はどうだろうか。

ふつうなら敵の弟妹であっても、すでに出家している者を捕らえることはない。ましてや殺すなど、考えつかない。富子はそれを易々《やすやす》と考えつき、実行するよう提案した。世の人々に非難されることなど、まったく気にしていないようだ。

そのおかげで企てが成功したのだが、いくらか肝が冷える感じがする。天下を治めるには、そうした非情な思い切りも必要なのかと思う。

東山殿を出て、富子の指南のとおり公家の甘露寺どのをたずね、富子の一筆を見せて頼むと、ことはあっさりと解決した。富子の口添えがあるとないとでは、大違いだったのである。

——もしかすると……。

富子は外法《げほう》を使うのかもしれない、と政元は思った。修験者の祖とされる役行者《えんのぎょうじゃ》は前鬼、後鬼という神霊を使ったというが、富子もそうした神霊使いなのではないか。外法を使うから、幕府の中にあって女の身ながら、いままで生き延びて来られたのではないか。

そうだ。そうに違いない。やはり天下を治めるには尋常でない力が必要なのだ。

その夕方、政元は持仏堂にこもった。

時間をかけて自分が天狗になるところを観想し、心気が充実したところで「烏飛び」を試みた。富子の放つ見えない力に触発されたようで、今日はできる気がした。

真言を唱えつつ九字を切り、深く膝を曲げて、濡れ縁から飛ぶ。

体が宙に浮いた。その時間がいつもより長いと感じる。

やった、と思った途端、膝が地面にぶつかり、強烈な痛みが襲ってきた。思わず「痛《つ》う！」と叫んでいた。

薄暗い庭の隅で膝を抱えてうめきながら、政元は富子の姿を思い出していた。いかにも清楚《せいそ》で福々しい尼僧姿をしていたが、その背後には得体の知れぬ鬼神がついているに違いないと思った。

長い旅路の果てに

一

世間ではまだ正月気分がぬけていない一月十日、富子は住んでいる小川第に僧侶をよび、尼になっている娘とともに、小さな位牌《いはい》にむかって供養をした。

富子が初めて産んだ子の、命日なのである。

「生きていれば、もう四十に近いのにねえ」

そう思うと思わず目頭が熱くなる。

その子は生まれてすぐに死んでしまった。

死児の齢《よわい》をかぞえるのは虚《むな》しいが、自分の腹を痛めて産んだ子を亡くした母としては、かぞえずにはいられない。読経の声の中、数珠を手にひとりで嗚咽《おえつ》をこらえていた。

そんな富子もいまは髪を落とし、尼になっている。大御台とも、従一位だったので一位尼とも呼ばれていた。

「みな、先に逝ってしまうわ」

娘に向かって嘆いた。夫、足利義政は五年前に亡くなった。その一年前には息子の将軍、義尚もなくしている。

「そなただけは息災でいておくれ」

富子に似てやや丸顔の娘――南御所とよばれている――は、こっくりとうなずいた。

父母や兄もとうに亡くなり、妹とは政争の末に仇敵《きゅうてき》といった立場となり、いまや富子の家族と呼べるのはこの南御所だけだ。

供養がすむと、僧侶と富子たちは立ち上がり、常御殿の裏庭にまわった。

そこに小さな祠《ほこら》がある。

鉦《かね》をもった僧侶がすすみでて、経をあげはじめた。

祠は、今参局を供養するためのものである。

富子の最初の子が死んだ直後、その死は将軍であった夫、義政の乳母《めのと》、今参局が呪詛《じゅそ》したためだといううわさが立ち、激怒した義政が今参局を捕らえて、琵琶湖に浮かぶ沖の島へ流罪にするよう命じた。

だが島へ運ばれる途中で、今参局は死んだ。

なぜ死んだのか、その真相はわからないが、とにかく富子と富子の産んだ子がきっかけとなって、今参局は死んだのである。

そのころ富子は義政をめぐって今参局と対立していたため、その死を悼むどころではなかった。むしろ冷たく対したのだが、そのためかある夜、今参局の死霊に襲われ、恐《こわ》い思いをした。

以来、何もなく過ごしてきたのだが、義尚を亡くしたとき感じるところがあって、祠を建てて今参局の供養をつづけてきた。

「母上、ここの供養、いつまでつづけるおつもりでしょうか？」

南御所が不安そうにたずねる。この祠を怖がっているのだ。

死霊といっても、きちんと供養をすれば祟《たた》ることはない、と言い聞かせてきたが、祠に近づくことさえいやがっている。ふだんは強気で、弟の義尚にも遠慮ない言葉を浴びせていた娘なのだが。

「わらわの生きているかぎりは、供養するつもりじゃ。そなたの代になったら、勝手にするがよい」

そう言って富子は読経の声の中で手を合わせ、数珠をまさぐった。

祠の供養がすむと、

「早く離れましょう」

と、南御所は逃げるように奥の間へ向かった。富子はなにも感じないが、祠の周辺には禍々《まがまが》しい気配があふれていると言う。

「そなたも仏に仕える身なら、もっとしっかりしなされ」

と富子が叱っても、南御所は首をふるばかりだ。もう少しここにいなされ、夕餉《ゆうげ》を進ぜようにとすすめたが、南御所は気分が悪くなったと首をふって、自分の寺へ帰っていった。

――やれやれ。

あれで大きな寺の庵主《あんじゅ》がつとまっているのだろうか。少し甘やかしすぎたかとも思うが、いまさら悔やんでも詮ないことだ。

どうやら南御所は、今参局の祠の供養を引きつげと言われるのを恐れているようだ。

これまで病知らずできた富子も、近ごろでは左胸に鈍痛をおぼえるばかりか、少し歩くと息切れしたりして、老いを隠せなくなっている。富子亡きあとのことまで、娘は頭にあるのだろう。

そろそろ自分の人生も終わりそうだとは、誰に言われずともわかっている。

だから細かいことにこだわって腹を立てたり心配して、残り少ない日々を浪費するのは得策ではない。日々心静かに暮らすことが一番だと思っている。娘のぶざまな姿も忘れようとした。

だが、どうも気持ちがおさまらない。

今参局の死ばかりでなく、そのあとに起きた政争と、それにともなう不愉快な出来事は、否応《いやおう》なく記憶に刻み込まれている。そのひとつひとつが立ち上がってきて、頭の中に嵐を巻き起こしてしまう。

しばらくは耐えていたが、結局じっとしていられれず、思い切って輿《こし》を仕立て、相国寺まで出かけた。

出家する前ならば、外出の際には供の侍衆数名と女房二、三人が付きそったものだが、いまは輿の前に侍が一騎、そして輿のうしろに女房ひとりがしたがっているだけだ。そして相国寺でも、昔なら住持をはじめ大勢の僧侶が出迎えてくれたものだが、今日は微行《しのび》ということもあり、迎えもない。しかしいまの気分にはそれがありがたかった。

相国寺には夫と息子の墓があり、またふたりの掛真像《けしんぞう》(肖像画)もあずけてある。まず夫、義政の絵に向き合った。法体姿でやや斜めを向いている。

手を合わせると、それまで抱いていた懐かしさは消えて、むらむらと怒りがこみあげてきた。義政のいいかげんさ、酷薄な仕打ち、その尻ぬぐいに奔走した過去が思い出され、息苦しくなるほどだ。

早々に切り上げて、息子、義尚の絵に向き合った。

こちらは六角成敗に近江へ出陣したときの義尚を描いたもので、白馬にまたがり、赤地金襴《きんらん》の鎧直垂《よろいひたたれ》を着した小具足姿。箙《えびら》を負い、左脇に弓をかいこみ、右手に手綱をにぎるという、まことに凜々《りり》しい姿だ。葬儀の際にかかげた絵だが、富子がこの出陣姿を描くよう命じたのである。

「若い身空で、かわいそうに」

元気だったころの声や笑顔が思い浮かんだ途端、涙が出てきて止まらなくなった。

義尚のしたことをふり返れば、決して誉《ほ》められたものではない。酒と女にうつつを抜かしてまつりごとは周囲の者まかせにし、公平な裁きなど期待すべくもなかった。挙げ句に目算も立たないのに近江に出陣し、はかばかしい戦果もあげられぬまま二年近くも在陣して、その地で病死してしまった。

だが、富子にとってはただひとりのかわいい息子である。端整な顔立ちにすらりとした体をもち、歌を愛して教養もあるという自慢の息子でもあった。

――やはり将軍の位が重かったのかえ。

絵に向かって問いかける。天下を治める将軍という立場が、若いというより幼い息子には耐えきれない重圧だったのではないか、と思うのだ。

将軍の周辺は、権力が生み出す甘い汁をもとめてさまざまな人物が出入りする世界である。そこで独り立ちするには、義尚はあまりに若く純粋だったのだ。

そんな立場にかわいい義尚を追いやってしまった自分の罪を思い、ひとしきり泣いた。

そして泣いてしまうと、憑《つ》き物が落ちたようにすっきりした。

「では、帰ろうかの」

供の女房をうながし、輿に乗った。もういつもの富子にもどっている。

――いまの将軍も、すげ替えたいものじゃ。

輿の中で、そんなことを考えた。

将軍職をめぐっては、義尚の死後も富子はその力をふるうことになった。

義尚のあとを襲う将軍の候補となる者は、ふたりいた。

義尚とも将軍職を争い、応仁の乱のもととなった義視の子、義材と、義政の弟のひとりで堀越公方政知の子、当時はまだ出家の身だった清晃である。

夫の義政は清晃を推し、富子は義材を推した。富子が義材を推したのは、その母が自分の妹という、いわば身内だったからである。

しかし義政は、応仁の乱の際に西軍の将軍を称した義視を憎んでおり、その子を将軍にするなどもっての外だと怒った。そして清晃を将軍にしようとしたが、幕府の財布をにぎっている富子の意見も無視できず、推し切れなかった。

そのため義政は、自身で将軍に復帰したのである。

だがそれも一年あまりのことだった。義政は中風の発作を起こして死んだ。

義政がいなくなったあと、足利将軍家の跡取りを決められる者は、富子以外にいない。富子は管領《かんれい》の役割を果たしていた細川政元ほかおもな大名衆をあつめ、義材を将軍にしたいとはかった。反対する者はおらず、義材はすんなりと第十代の将軍になった。

そこまでは富子の思い通りにすすんだが、将軍に就任するや義視と義材の父子は、富子の恩を忘れたように態度を豹変《ひょうへん》させた。

まず就任の祝いをのべに行った富子に対し、礼を言うどころか、
「今後はわれらが幕府を切り回すので、政治向きの口出しは一切無用とされよ」
と言い放ったのである。

そして幕府の役人たちにも、富子のもとへ出入りしないようにと釘《くぎ》を刺した。将軍の地位を得た途端、まるでこれまでの鬱憤を晴らすかように、わがまま勝手にふるまいはじめたのである。

しかし義視、義材の父子はそれまで諸国を流浪していて、諸大名衆に信用もない。しかも富子の推挽《すいばん》で将軍職についたことが知れ渡っている。将軍になったとて、にわかに諸大名を納得させるほどの力をもてるはずがなかった。

大名や公家たちは、相変わらずさまざまな依頼をもって富子のもとに出入りした。富子はできる範囲で願いを聞いてやった。

それが義視、義材にはおもしろくなかったのだろう。ある日、富子の住む小川第に兵がきて、敷地内の建物をすべて取り壊してしまった。問い詰めると、将軍家の命令だという。

義視、義材のいやがらせである。

富子はやむなく、義政が暮らしていた東山殿にうつった。

その後も義視、義材のいやがらせは止《や》まない。富子のもつ所領をとりあげたり、富子

が主催する能興行を邪魔したりもした。

こうした仕打ちに、富子はじっと耐えた。そして裏で義材を将軍位から引きずり下ろす画策をはじめた。

目を付けたのは実質上、管領の役目を果たしていた細川政元と、義材との不仲だった。応仁の乱で、父細川勝元がひきいる東軍を裏切った義視の不義理を、子の細川政元は忘れておらず、義視父子をきらっていたのだ。

その機会は、将軍就任三年目にやってきた。

当時、すでに義視は病死し、義材は将軍として河内に出陣していた。畠山家の一派が応仁の乱以来、幕府の命に服さないでいるのを、討ち従えるためである。

斯波、赤松、一色、京極ら、大大名のほとんどが参戦する中、政元は出陣を拒んで京に残っていたが、その政元が突然、

「義材を足利氏家督から廃し、清晃を将軍にする」

と発表し、朝廷にその旨を奏請した。そして兵を起こして、義材を支援する者たちの屋敷を打ち壊しにかかった。

のちに明応《めいおう》の変といわれる政変のはじまりである。

清晃を将軍にすると細川政元が朝廷に奏請したといっても、家来である管領が、勝手に将軍を替えるというのである。筋が通らないとして当初、朝廷は認めない姿勢だった。

しかし富子も政元に同調していることが伝わると、朝廷は承認へとかたむいた。

このことが河内に出陣している大名衆に知れ渡ると、もともと義材をよく思わない者が多く、また政元や富子が親しい大名にあらかじめ工作しておいたこともあって、結果としてほとんどの大名が義材を見捨てて京へ引きあげてしまった。

将軍家御台所《みだいどころ》であった富子の威望は、まだまだ衰えていなかったのである。

これで攻守が逆転し、義材は河内でわずかに残った兵と籠城する羽目に陥った。やがて政元の息のかかった大名衆に攻められ、持ちこたえられずに義材は降伏。京に連れもどされ、足利家伝来の「御小袖・御剣」を清晃に譲ることになった。清晃は――十五歳の若さだったが――還俗して義遐、すぐに改名して義高を名乗り、将軍となった。

細川政元と富子が組んだ政変は、成功したのである。

義材は京で幽閉され、いずれ小豆《しょうど》島《しま》に流される予定だったが、暴風雨の夜に脱出してしまい、いまは越中《えっちゅう》にいて再起をねらっているという。

こうして自分と対立した将軍のすげ替えに成功した富子だったが、新しく将軍となった義高も、さほど富子には親切ではなかった。富子は義高から東山殿を立ち退《の》くように言われるなど、小さないやがらせを受けることになった。

義高も、一度は義政の推挽で将軍になりかけたのを富子に阻まれたと思い、恨んでいたのである。そして義材と同様、富子を政治の場からのぞこうとしたのだ。

富子は東山殿を出て、再建された小川第にもどった。そうしていまに至っている。

富子は隠居したのだが、いまでも公家や武家たちはしきりに小川第に顔を出す。幕府や内裏《だいり》への口ききの依頼だったり、ときには金の無心であったりと、さまざまな用件で富子を頼ってくるのである。

長年、利殖に気を配ってきた富子は、少なくなったとはいえ、まだ七万貫もの銭をもっている。

諸大名が富子を頼りにするのは、従一位で前将軍家御台所という地位もさることながら、膨大な財産という金の力が魅力的に映るからだった。

二

三毬杖《さぎちよう》もおわり、京の町から正月を祝う熱気が去ったころ、富子は管領細川政元の屋敷をおとずれた。

「御台おんみずからお越しとは、どうした風の吹き回しでしょうかな」

政元は富子を上座にすわらせ、かしこまって問うた。

「今日ここにまいったのは、公方《くぼう》（将軍）のことじゃ。そなたはあの小僧をどう思うかな」

「小僧とは、また厳しい仰せようで。たしかに年端もいかぬ若者ではありますが、いまのところきちきちと公方さまのつとめを果たしておりましょう」

「まつりごとはすべてそなたが切り回し、小僧は歌や蹴鞠《けまり》にうつつをぬかしておると聞くが」

政元は日焼けした顔を少し崩し、苦笑いしてみせた。

「それがしは管領の役目を果たしておるばかりにござりまする。歌や蹴鞠も将軍の遊びにはふさわしいと思いますが。どうかしましたかな」

「どうもあの小僧、公方には向かぬように思えてな、いまのうちに替えたほうがよいのではないかな」

政元は不審げに目を細めた。

「それはまた、急な話ですな。なにかお気に召さぬことがありましたか」

「こちらが歓迎してやっておるのに、どうもなつかず、いたずらを仕掛けてくるので困っておるわえ」

東山殿から出るように言われたことや、ほかの細々したいやがらせを伝えた。

「まったく、小僧のやることですな」

政元は笑う。だが政元自身もまだ若く——義尚より一歳下だ——、しかも女人をよせつけず、修験道に凝って空を飛ぶ稽古をしたり、修行のためと称して、ふらりと諸国放浪に出てしまうなど奇行を重ねてきたので、諸大名や公家たちがその行く末を危ぶんでいるありさまなのである。

「替えると申しても、誰に？　そうおいそれとは……」

将軍に据えるとなれば、足利家嫡流か、それに近い血筋の者でなければならない。だが嫡流は、義尚と義政が死んだ時点で絶えてしまっている。

「それ、義材の弟がおったじゃろ」

「ああ、義忠《ぎちゅう》どの」

政元はうなずいた。

「たしかにおられますな。いまはまだ岩倉《いわくら》の実相院《じっそういん》ですか」

義忠は義材とおなじく義政の弟の子であり、嫡流に次いで将軍となる資格がある。足利家の男子なので、幼いころ京の実相院という寺に入れられ、いまも僧のままでいる。

「あれなら血筋もよいわ。義材ともうまくやれるのではないか」

越中に逃げた義材は、いまに軍勢をこぞって京に攻め上ってくるとのうわさが絶えない。弟が将軍になれば、おとなしく従うのではないか。

「なるほど、それはそうですが……」

政元は首をふった。

「替えるには、名目が立ちませぬな」

富子に意地悪をしたというだけでは、将軍を替える理由にはならない、という。

「器量が足りぬ、という名目でどうじゃな。いまなら合戦にならずに替えられよう」

「はあ。それはそうでしょうが……。はは、いや、あのときは危なかったな」

明応の変では、諸国の軍勢が河内へ行って留守になった京で政元が兵をあげたのだが、もし義材が周囲の軍勢をまとめる器量の持ち主であったなら、大軍がそのまま京へ攻め上ってきて、政元が逆に討たれてしまうところだった。

「なあに、きちきちと根回しをしておいたゆえ、負けるとは万に一つも考えなんだわ。あのときに比べれば、たやすいものじゃ」

富子はしつこく政元に迫るが、政元は首をたてにふらない。

「それはちと……。無理かと存ずる」

せっかく世の中が治まりかけているいま、将軍を替える理由はない、替えると世が乱れる元になる、と政元は拒むのである。

「やれやれ、小僧ひとり替えられぬとは、情けないことじゃ」

富子は首をふって不満を顔に出した。

「ただ、そういうことであれば、いま少し義忠どのを公方さまに近づけますかの」

義忠を僧のままで義高に仕えさせ、目につくところへ顔を出すようにしておく、と言う。

「なるほど。言うことを聞かねば、公方の替えはいくらでもあるぞと、脅すわけじゃな」

「小僧と申しても、いずれは歌や蹴鞠にも飽きて、政務に口をはさむようになるのは必定なれば、いまのうちに思い知らせておくのも、無駄ではないかと思いまする」

「ま、何もせぬよりはましじゃろうな」

ため息をついて言う富子に、政元はにやりと笑って言った。

「こなたからも小僧、いや公方さまには少々言い聞かせますゆえ、どうか穏便におさめてくだされ」

「穏便もなにも、隠居の身じゃ。はじめから荒々しいことは……」

「まちがっても毒飼いなど考えませぬよう」

「………」

明応の変で義材を捕らえ、京に幽閉していたある日、義材は激しい腹痛に襲われた。医師が駆けつけて薬を与え、一命をとりとめたが、誰かが毒を飼ったという診立てだった。のちに料理人のひとりが、御台所の命令で毒を飼ったと白状した、とのうわさが流れたことがあった。

「たちの悪いうわさじゃ。わらわは知らぬ」

「もちろん、そうでしょうな」

政元は満足げにうなずいた。富子を牽制《けんせい》したつもりでいるのだろう。愉快ではないが、反論する気力もない。

管領屋敷から帰り、小川第で輿をおりたときには、陽《ひ》は西にかたむいていた。

――おや。

一瞬、どきりとした。

地面にできた自分の長い影が、ふたつあるように見えたのだ。

目をこすってもう一度見ると、影はひとつしかない。

――またか。

若いころから、ときどきこうした目の錯覚に襲われた。それも、およそ自分の性格とかけ離れた強引な行動のあとに、見ることが多かったように思う。このところはなかったのだが……。

久々の談判で気疲れしたようだ。今宵《こよい》は早寝しようと思った。

三

桜の花がちらほら咲きはじめた閏《うるう》二月二十四日、富子は参内した。親王主催の蹴鞠《けまり》会《え》に呼ばれたのである。

紫宸殿《ししんでん》の前庭で行われた蹴鞠会は、多くの公家が参加して盛況のうちに終わった。そのあとの酒宴では、参集していた公家たちに富子みずから酌をしたりもした。そして公家たちが帰って静かになったのち、富子は清涼殿に立ち寄った。

「これはよういらせられました」

内裏の女官たちに笑顔で迎えられ、清涼殿の奥へと案内される。

応仁の乱で荒れた内裏も、復興されてすでに十数年になる。当時、再建の資金調達には富子が奔走したものだった。いまやあちこち傷みが出ているが、その修築が必要になるたび、富子は金銭を寄贈していた。また女官たちにも贈り物は欠かさなかったから、内裏で富子を悪く言う者はいない。

「ほんに日柄もよく、めでたいこと」

富子はにこやかに応じ、奥へとすすんだ。

「小川殿のおいでじゃ、粗相なきように」

という声がするのは、富子がいま小川第に住んでいるからだ。

それまでも富子はよく参内していたが、義政の死後は政治の場からは離れたので時間もでき、いっそう頻々と参内するようになった。参内すると、内裏の中でも会所にあたる小御所に招じ入れられて酒宴になることが多かったが、

「今日はいくらか寒いので、御湯殿上《おゆどののうえ》にてとの御内意であります」

と言われ、炉がきってあるこぢんまりとした部屋に案内された。内裏の中でも女官たちや主上《しゅしょう》がふだん使いしている、いわば茶の間である。

「これはお気遣い、かたじけないこと」

もとより富子にとってものぞむところである。御湯殿上にはいると、

「まあ、いつもながら御機嫌うるわしゅう、お悦《よろこ》び申しあげます」

と笑顔で迎えるのは、東の御方と呼ばれる女御だ。

「お東さまも御機嫌うるわしゅう、お悦び申しあげます」

富子も丁寧に挨拶を返す。互いに礼を尽くしているのは、ふたりの間柄の数奇な移り変わりのせいである。

東の御方は、その名を花山院兼子といい、もと富子の侍女だった。

富子の供をして内裏に出入りするうちに主上の目にとまり、さらに主上が応仁の乱の戦火を避けるために室町第に動座され、しばらく住まわれたときにお側《そば》に侍《はべ》り、懐妊した。いまでは四人の皇女、皇子の母として内裏に住んでいる。

ふたりが話していると、長橋局《ながはしのつぼね》ら女官も挨拶に出てきた。お側に仕える典侍らも顔を出す。そのうちに南御所もきて、話の輪に加わった。

当初の話題は、もっぱら先日判決が下った前関白九条政基《くじょうまさもと》の執事殺しだった。

九条政基は九条家の家司《けいし》の子、唐橋在数《からはしありかず》に借銭があった。その返済をめぐって揉《も》め、

怒鳴り合いの果てに殺してしまったのだ。

「なんでも、借銭の額は二百貫文と申します」

内裏の事務を仕切る長橋局は、さすがに公家の事情にくわしい。

「その返済を、家領の年貢を子の代まで渡す約束で棒引きしてもらったところ、唐橋どのがその家領を、根来寺からの借銭の抵当に入れてしまったとか。その借銭が返せなくて、抵当が流れそうになったので、九条さまと唐橋どのが揉めて……」

没落する公家社会を象徴するような事件である。

「唐橋どのの親類衆、それはもうお怒りで、九条さまを告発する申状を出されて、このたびのお裁きとあいなりました」

庭田重経《にわたしげつね》を奉行に、官務、伝奏らが合議した上、太政大臣の意見によって、政基父子は勅勘をこうむって出仕停止となった。

「いずこも金詰まりで、困ってらっしゃるようですねえ」

兼子はのんびりとした口調で言う。もともとおっとりした性格で動作もにぶく、侍女としては物足りなかったが、主上にはそこが気に入られたらしいから、人生は何が幸いするかわからない。

「これから世の中、どうなりますのやら」

長橋局も嘆く。前関白すらそれほど窮迫しているのが明らかとなって、公家たちには不安が大きいようだ。

「幕府も何やら頼りになりませんし」

将軍義高の評判は、ここでも悪い。いや、義高自身はまだ二十歳にもならぬ若者なので、ただのお飾りで実権はない。幕府を動かしているのは管領の細川政元である。

政元は、京の政界はしっかりおさえているが、諸国では一揆《いっき》や叛乱《はんらん》が起きており、天下を治めきれているとはとてもいえない。

富子が隠居してもまだ頼られるのは、そうした幕府の情けない内情にもよるのだった。

「楽しそうに話しておるな」

そこへ主上が入室された。みな会釈し、富子の横の座をあけた。富子は言った。

「楽しそうどころか、世を嘆いていたのでございまする」

主上は富子のそばにすわった。せまい一室に女たちがひしめいているので、互いに膝がつくほどになった。

「ほお、尼の身で世の中に気をもんでおるのか。世を捨てたのではないのか、一位尼よ」

主上も白髪が目立つ。富子よりふたつ年下で、即位されてすぐに応仁の乱がはじまったため、富子とともに戦乱の荒波をくぐり抜けてきたお方である。

「世を捨てたつもりでも、世のほうが放してくれませぬ」

「あはは、将軍御台はいつまでたっても御台のままか。ま、仕方がなかろうな。いまや将軍にも管領にも器量の仁《じん》はおらぬからな」

「たしかに、幕府にも長老と言われるような人物がいなくなりました」

「子供たちばかりでは、立ち行かぬか」

いまの将軍も管領も、富子や主上にとっては子供にあたる年齢である。

「そこへいくと、東山殿は立派であった。いるだけで重石《おもし》となっておった。もはや望めぬことではあるが、ああした人物こそが将軍にふさわしいな」

そう言われて、富子は涙ぐみそうになった。

役立たずでさんざん苦労させられ、生きているうちは憎み合っていた夫だが、それでもその存在は大きかったのである。亡くなった途端、富子にあたる世間の風は冷たくなった。

義視、義材の父子も、夫義政が生きていればあそこまで冷たい仕打ちはできなかっただろうし、いまの義高も、寡婦の富子を舐《な》めきっているように見える。

「おんなひとりで生きてゆくのは、辛《つろ》うございます」

と言ってから、はっとした。

膝に、主上の手が置かれている。

「あ……」

　富子はあわてたが、主上は楽しそうに流し目を送ってくる。

　周囲を見まわすと、兼子も、ほかの典侍たちもにこにこしている。

「遠慮はいらぬぞ、一位尼。悲しければ泣けばよい。みなもらい泣きしてくれよう」

　黒衣をとおして、主上の手のぬくもりが膝につたわる。

　――ああ、ここはいつも温かい。

　家庭のない富子にとって、内裏は家庭のようなものになっている。主上は夫のかわり、というのは僭越《せんえつ》の沙汰だが、富子の心の内ではそうだった。

　富子と主上との仲は、二度、世間でうわさになった。

　一度は義尚を産んだとき。夫義政ではなく、主上の子ではないかとうわさになった。

　二度目はその五年後、応仁の乱で主上が内裏から室町第へ避難して来られたとき。ひとつ屋根の下に住むこととなり、その距離の近さがうわさを呼んだ。

　実際どうであったかを、富子は誰にも言うつもりはない。墓までもってゆく秘密として、自分の胸にしまっておけばよいのだ。

　思えば初めて出会ったころは、みな若かった。最初に主上と親しく話したのは、義尚が生まれる前だった。

　陶然とした気分になり、富子は言った。

「初めてお目もじがかなったとき、主上は御髪《おぐし》も黒々としてお若くあられました」

「おや、何ということを言いだすのやら。そういう一位尼も若くて黒髪豊かであったな」

「お東の方とふたりでお会いしたとき、どちらをお選びになったか、憶《おぼ》えていらっしゃいますか」

「そんなこともあったかな」

若かったあのころは、まだ見ぬ広い世にただひとり羽ばたいてゆく心持ちで、不安と希望をもちつつも、合戦に出る武者のように気負って生きていた。

　以来、四十年近くになる。世の中のあれこれをひと渡り経験し、家庭を築き、そして失い、またひとりになって羽を休めている自分がここにいる。

主上も兼子もほかの典侍たちも、おなじように世を渡り、ここにいるのだ。そう思うと心安らかでいられる。

膝と肩を寄せ合うようにして昔話をしていると、時がすぎるのを忘れてしまう。つい夕暮れ前まで話し込んでしまい、あわてて小川第へと帰った。

しかし終《つい》の棲家《すみか》である小川第には、逃げ出したくなるほどの陰鬱さが待っている。

敷地は方一町ほどで内裏とおなじ広さだが、住んでいるのは富子のほか数名の下男下女だけだった。昼は来客があってにぎわしいが、夜はまことに寂しい屋敷となる。

なまじにぎやかな内裏にいただけに、ひとりで夕餉をとる部屋は、しんと冷えた感じがしていやだった。

主上も兼子も、みなで楽しそうに暮らしているのに……。あまりのちがいに、富子は惨めな気持ちになった。

五十七歳になってこのような寂しい境遇で暮らすとは、若いころには想像もできなかった。歳《とし》をとれば父母のように、子供や孫にかこまれて暮らすものだと思っていた。

どこでまちがえたのだろうか。

人生のどこに落とし穴があったのか。

義尚さえ生きていれば、とまた夢想してしまう。義尚が生きていれば幕府は安泰、孫たちもできて、安楽に隠居暮らしができていただろうに……。

やはり、強引に将軍の座に据えたのがまちがいだったのだろうか。

富子は首をふった。どう悔やんでも、もうやり直しはきかないのだ。自分の人生は、ろくでもない男たちの尻ぬぐいをして終わったのだと思う。

いつもは早々に夕餉をすませて床につくのだが、今日はなかなか眠くならない。やむをえず酒をもって来させ、ひとりで飲むと夜半に寝床にはいった。

浅い眠りのあと、急に寒気をおぼえて目を覚ました。

耐えられないほどの寒さに、もうひとつ衾《ふすま》を重ねようと半身を起こしたとき、部屋の隅を見てはっとした。

暗闇の中に、誰かいる。

白い小袖を着た誰かが。

――もののけ！

一瞬、おどろいた。だが恐怖は感じなかった。若いころとちがって、さまざまな危難を乗り越えて度胸がついている。もののけごときに脅かされてたまるものかと思う。

白い小袖はゆっくりと動いている。

「誰じゃ」

問いかけたが、返事はない。

「わらわを取り殺すつもりか。この老いた尼を殺しても、何の得にもならぬぞ」

そう言ってよく見ると、もののけは背を向けていた。垂らした長い髪がゆれている。

そのとき、

（富子よ）

とどこからか声がした。

「誰じゃ！　名乗れ」

声はそれに答えず、つづけた。

（長いあいだ邪魔をしたな。もうすべて終わりじゃ。わらわも去るとしよう）

同時にもののけがふり返った。

富子はあっと声を出した。

「そなたは、今参局！」

昔のことであっても、忘れもしない顔だ。

「いまさら迷うて出たか。ねんごろに供養してやったのに！」

また声がした。

（供養してくれたゆえ、いい目を見させてやった。望みをかなえてやったじゃろ。だがもう終わりじゃ。そなたもそろそろ消えねばならぬ）

もののけは富子に背を向けて歩き出した。そしてふっと掻《か》き消えた。

――長いあいだ邪魔をしたじゃと。

もののけが残した言葉が頭の中をまわっている。長いあいだとはどういうことか。邪魔をしたとは何の話か。

――まさか……

思い当たってぞっとした。望みどおりに義尚は将軍になった。そして財産もできた。いい目を見させてやったとは、そういうことなのか。自分は人生をもののけに左右されてきたのか。

いや、そもそもこれは夢かうつつかと、しばし呆然《ぼうぜん》としていたが、やがて大きく息をつくと首をふった。

いまさら怒る気にも泣く気にもならなかった。すべては終わっていて、もはやどうにもならないのだから。

ただ、今参局もいっしょに長い旅をしてきたのだと思い、白い小袖が消えた闇を見るばかりだった。

富子はその夜から三月《みつき》後の五月、発作——おそらく脳卒中——を起こして帰らぬ人となった。

富子の死を聞いた諸人は、天を仰いで嘆き悲しんだという。隠居してもなお富子の存在は大きかったのである。

以後、足利家は力を失い、統制を失った世は戦国の色を濃くしてゆく。

＊

富子の死の数日後、狩野大炊助正信は、子の四郎二郎元信《もとのぶ》とともに、管領の細川政元の屋敷にいた。

富子の掛真像を描くように命じられ、下絵を五枚ほど描いて持参したのである。

義政の御用絵師として御所には何度もおとずれていたが、意外と富子とは顔を合わせなかったので、近侍した人々に特徴などを聞いてまわり、苦心して描いたものだった。

政元が下絵を見比べるのを、ふたりはだまって待っていた。

「これがよかろう。よく似ておる」

政元が指し示す一枚の下絵をおしいただくと正信は、

「女人を描くのは慣れておりませぬゆえ、お着物や背景などをどう描くか、前例を調べますので、しばし時をいただきたく」

とのべ、許されて下がった。

「なんの因果か、これで公方さまのご一家を描くこと、三人目じゃ」

帰り道、正信は子の四郎二郎に向けてつぶやく。義政、義尚の掛真像も正信が描いたのである。

「慈照院《じしょういん》さま（義政）、常徳院《じょうとくいん》さま（義尚）にはご恩をこうむり、たくさんの仕事をいただいたが、みな早々に逝ってしまわれた。大御台さまもとなると、さすがに無常を感じるのう」

義政の一家だけでなく、同朋衆《どうぼうしゅう》の能阿弥、芸阿弥もすでにこの世にいない。

「かく言うわしも六十をすぎた。この絵を最後に筆を折ることにしようと思う。あとはそなたがわが狩野家を継ぐのじゃ」

その言葉に四郎二郎は、予期していたのか、案外とすなおにうなずいた。

正信は声をひそめて言う。

「武家の方々は、力を失えばそれまでじゃ。たちまち窮して家も消え失《う》せてしまう。しかしな、われら絵師は腕前さえたしかならなんとかなる。腕前こそ命ぞ。精進と工夫をおこたるな。そして家を保ってゆけ。先の戦乱をくぐり抜けてわかったが、いくらいくさが絶えずとも、人の世はつづいてゆくものよ」

「心得ております」

力強く返事をする四郎二郎をたのもしげに見て正信は、

「大丈夫、そなたならできる。さあ、これからは仕事だけでなく、妻をめとり子をなし、自分の枝葉をひろげてゆくがよい」

とつぶやき、家路を急いだ。

まだ戦乱の爪痕が残る京の町並みに、夏の白い日射《ひざ》しが降りそそぐ。あちこちに繁《しげ》る青葉は柔らかな風に物憂げにゆれ、人々は足早に通りを行き交っていた。

解説

吉田伸子

本書は、二〇一七年に淡交社より刊行された『室町もののけ草紙　天魔の所業、もっての外なり』に、新たに書き下ろし三作を加えた短編集である。

時は室町、応仁の乱前後。本書に登場する人物たちは、八代将軍足利義政の乳母《うば》であり養育係でもあった今参局、絵師・狩野正信、義政の妻である日野富子、世阿弥の養子・音阿弥、細川勝元、山名宗全、倉役人の弥次郎、義政と富子の息子で九代将軍の足利義尚、細川政元。なかでも、冒頭の「三魔」、「優曇華《うどんげ》の花」、そして、最終話の「長い旅路の果てに」でも登場する日野富子が、本書の真ん中にいる。

ところで、応仁の乱といえば、二〇一六年に刊行され、ベストセラーとなった呉座勇《ござゆう》一《いち》氏の新書『応仁の乱――戦国時代を生んだ大乱』で、一躍スポットを浴びた。それまでは、漠然と〝室町幕府衰退の端緒となった出来事〟ぐらいだった応仁の乱の実態を、新たな視点と切り口で明らかにしたのが、呉座氏の著書だったのだ。

本書はその呉座氏のアプローチとはまた別な角度で応仁の乱をなぞった一冊でもある。

そこにあるのは、前述した登場人物たちそれぞれのドラマなのだが、これがまた、何とも人間臭くていいのだ。なかでも、本書の真ん中にいる、と前述した日野富子。ご存知の方も多いと思うが、日野富子は「日本三大悪女」に挙げられる一人でもある（ちなみに、他の二人は、北条政子《ほうじょうまさこ》と淀殿《よどの》）。

恥ずかしながら、私は彼女が「日本三大悪女」に挙げられていることを知らなかった。曰《いわ》く「嫉妬心が強い」、曰く「金の亡者」、ダメ押しが「天皇との密通」。今の世なら、間違いなく「炎上案件」三連発。とはいえ、個人的には嫉妬心が強いこととお金への執着は、まぁ、程度の差こそあれ、誰しもがそういう面はあるのでは、と思う。お金、嫌いな人いませんよね？

となると、一番のネックは「天皇との密通」、これだろうか。まぁ、現代でも「不倫」は相当バッシングされるし、ましてや時代は中世。女性の立場は今よりもずっとずっと低かっただろうし、たとえ将軍の正室であろうとも、いや、正室だからこそ、か、女性が奔放な振る舞いをすることはタブーとされていたのだろう。

でも、本当に富子は稀代《きたい》の悪女なのだろうか？　そう思ってしまうのは、私だけではないだろう。SNSの普及によって、「真実」がほんの少しずつ「改変」されていくその様を目にしたことがある人は、少なくないはずだ。二十一世紀の現代でもそうなのだ。況《いわん》や中世をや。だから、本書で描かれている富子の姿が、すごく腑《ふ》に落ちる。そこにあるのは、一人の女としての、妻としての、そして母としての、苦悩の姿である。

たとえば、「三魔」に出てくる富子は、「陽気で頭の回転も速いらしく、言葉数も多い。顔立ちもととのっており、大きな明るい目がいつもいたずらっぽく光っている」とあるように、めらめらと嫉妬の炎を燃やして眼をつり上げている、というイメージからは遠い。富子は妊娠中で、お腹の中の子どもは「若君」ではないかと噂《うわさ》されている。けれど、その子は生後すぐに死んでしまい、その原因が今参局の呪詛《じゅそ》にある、とされる（今参局がやったのではなく、別の側室によるものだったのだが）。今参局は沖ノ島に流罪となるも、その道中で自ら死を選び、果てる。

産後の回復が悪く、床に伏したまま今参局の最期を知った富子は言葉を漏らす。「おかわいそうに」と。富子の枕元にいるのは、母の日野重子で、今参局の憤死の裏には、この重子と富子の兄・勝光が絡んでいるのでは、と含みを持たせて、話は終わる。

「優曇華の花」に出てくるのは、母としての富子だ。冒頭、政所の役人を引見する富子。世の乱れもあって、必ずしも期日に納税されなくなっており、その月も遅れていたため、富子が督促するシーンである。こういうところが後世の富子像、「金の亡者」に繋《つな》がっているのかもしれないが、そもそもその役目を果たすべきなのは、富子の夫である義政であり、「酒宴や趣味の作庭に夢中で、わずらわしい家政には関わろうとしない」義政の代わりに、富子がやらざるを得ない状況になっているのだ。

この時、身重だった富子は、やがて待望の若君を産む。若君は後の室町幕府九代将軍足利義尚だ。赤子の姿を見るたびに富子は誇らしい気持になり「胸は心地よい春風で満たされ」た。富子は想う。「優曇華の花を得たような心持ちとは、このことじゃろうか」。優曇華の花とは仏典に出てくる伝説の花なのだが、母親にとって、我が子はそれほどに尊くありがたいものなのだ。

やがて、富子はある決意をする。夫・義政が、我が子を不義の子ではないかと疑っているその疑惑を晴らそう、と。そして、「お渡り」があった夜、選《よ》りすぐりの酒を供し、ほろ酔いとなった義政の前に、一人の上臈《じょうろう》・兼子を召し出す。その上で、義政に問うのだ。自分とこの上臈と、どちらを今宵《こよい》の相手に選びましょうか、と。「たわむれもよい加減にいたせ。わが心根をためそうとしてもそうはいかぬ。今宵はそなたの局に来たのだぞ」と答える義政に、富子は言う。あれうれしや、と。「でもあの夜、主上は兼子を選びましてござりまする」と。

義政の胸に根差す、主上と富子の一夜の不義への疑いを、そうやって晴らしてみせた後、富子は切り出す。弟の義視に将軍職をお譲りになる件を、考え直していただけましょうか、と。

ここにあるのは、我が子可愛さ一心の母親の姿である。同時に、賢い富子は、義政が巷間《こうかん》言われる愚かな将軍ではないことを、悟る。聡明《そうめい》なるが故に、将軍という立場の無力さに耐えられずに、心がすさむのだ、と。そしてその瞬間、富子はぞっとする。我が子を将軍に、と望むことは「せっかく得た優曇華の花を、地獄に投げ込もうとしているのではないか。一見華やかでありながら、実は人をむしばむ将軍位という地獄に」と。それくらいなら、いっそ仏門に、という思いと同時に、富子は考える。「わが子が地獄に耐えられる力さえあれば、悪いことは何ひとつないのだ」と。

地位はなくとも心穏やかに仏に仕える身と、たとえ心に地獄を抱えようとも幕府の頂点という地位を得る身。母親としてどちらを選ぶのか。どちらを選んだとしても、そこにあるのは、母の愛、だ。前者を選ぶ母が慈愛に満ち、後者を選ぶ母が計算高い（自分は将軍の生母となるのだから）わけではない。

将軍職を荷が重い、と判断してしまうことは、わが子の人生の選択を狭めてしまうことにもつながる。わが子が名将軍になる可能性がないとはいえないのだ。わが子に賭けてみよう、わが子の器量を信じてみよう。母親ならそう思うのではないか。願うような心で、そう思うのではないか。そんな母心を愚かと言うのなら、富子はその批判を甘んじて受けるだろう。

と、ここまで富子のことを書いてきたけれど、本書にはもう一人、読後、心に残る人物がいる。それが、「青磁茶碗　玉梅」に出てくる弥次郎だ。本書の登場人物のなかで、彼だけが作者の岩井さんが創り上げたキャラなのだが、弥次郎が「玉梅」という銘の茶碗に心惹《ひ》かれていく様がいい。傾いてゆく幕府の台所事情は、そのまま幕府の傾きで、足利家の財物を管理する倉奉行の下役である弥次郎は、そのことを肌で感じている。そんな弥次郎が、束《つか》の間《ま》安らげるのが、青磁の茶碗の美しさに触れている時なのだ。だから、その茶碗を売らねばならなくなった弥次郎が切ない。

弥次郎は「玉梅」に魅せられたが、実は本書の登場人物たちに共通しているのは、その「魅せられる」ということではないか、とここまで書き進めてきて、気がつく。ある者は権力に。またある者は芸に。そして、ある者はわが子に。魅せられる心に入り込むのがもののけなのか。もののけに入り込まれたからこそ魅せられてしまうのか。

室町時代が終焉《しゅうえん》を迎えるのは一五七三年。富子の死から数えて七十七年後のことである。

（よしだ・のぶこ　文芸評論家）

本書は、二〇一七年十月、淡交社より刊行された『室町もののけ草紙　天魔の所業、もっての外なり』を文庫化にあたり改題し、加筆・再構成したものです。

初出

三魔　文庫書き下ろし
翳りゆく世に　文庫書き下ろし
優曇華の花　「なごみ」二〇一六年一月号〜三月号
美しかりし粧いの、今は　「なごみ」二〇一六年四月号〜六月号
天狗流星　文庫書き下ろし
天魔の所業、もっての外なり　「なごみ」二〇一六年七月号〜九月号
青磁茶碗　玉梅　「なごみ」二〇一六年十月号〜十二月号
将軍、帰陣す　「なごみ」二〇一七年一月号〜三月号
天狗の如く　単行本書き下ろし
長い旅路の果てに　「なごみ」二〇一七年四月号〜六月号

本文デザイン／目崎羽衣（テラエンジン）
イラストレーション／武藤文昭

集英社文庫
岩井三四二の本

むつかしきこと承り候
公事指南控帳

江戸の薬屋、時次郎の裏稼業は訴訟の手助けをする出入師。非合法な手も用い依頼人の裁判を有利に運ばせる手腕は鮮やか。時代小説版・法廷ミステリー。

集英社文庫　目録（日本文学）

五木寛之　新版 生きるヒント2 今日を生きるための12のレッスン
五木寛之　新版 生きるヒント3 癒しの力を得るための12のレッスン
五木寛之　新版 生きるヒント4 ほんとうの自分を探すための12のレッスン
五木寛之　新版 生きるヒント5 人生にときめくための12のレッスン
五木寛之　歌の旅びと ぶらり歌旅、お国旅 東日本・北陸編
五木寛之　歌の旅びと ぶらり歌旅、お国旅 西日本・沖縄編
伊東乾　さよなら、サイレント・ネイビー 地下鉄に乗った同級生
伊藤左千夫　野菊の墓
いとうせいこう　鼻に挟み撃ち
いとうせいこう　小説禁止令に賛同する
絲山秋子　ダーティ・ワーク
井戸まさえ　無戸籍の日本人
乾ルカ　六月の輝き
乾緑郎　思い出は満たされないまま
犬飼六岐　青藍の峠 幕末疾走録
井上荒野　森のなかのママ

井上荒野　ベーコン
井上荒野　そこへ行くな
井上荒野　夢のなかの魚屋の地図
井上荒野　綴られる愛人
いのうえさきこ　圧縮《ぎゅぎゅっと》！ 西郷どん
井上ひさし　ある八重子物語
井上ひさし　不忠臣蔵
井上光晴　明日 一九四五年八月八日・長崎
井上夢人　あくむ
井上夢人　パワー・オフ
井上夢人　風が吹いたら桶屋がもうかる
井上夢人　the TEAM ザ・チーム
井上夢人　the SIX ザ・シックス
井上理津子　親を送る その日は必ずやってくる
今邑彩　よもつひらさか
今邑彩　いつもの朝に(上)(下)

今邑彩　鬼
伊与原新　博物館のファントム 箕作博士の事件簿
岩井志麻子　邪悪な花鳥風月
岩井志麻子　瞽女《ごぜ》の啼く家
岩井三四二　清佑《せいゆう》、ただいま在庄《ざいしょう》
岩井三四二　むつかしきこと承り候 公事指南控帳
岩井三四二　室町もののけ草紙
岩城けい　Masato
宇江佐真理　深川恋物語
宇江佐真理　斬られ権佐
宇江佐真理　聞き屋与平 江戸夜咄草
宇江佐真理　なでしこ御用帖
宇江佐真理　糸車
植田いつ子　布・ひと・出逢い 美智子皇后のデザイナー 植田いつ子
上田秀人　辻番奮闘記 危急
上田秀人　辻番奮闘記二 御成

集英社文庫

室町《むろまち》もののけ草紙《ぞうし》

2021年2月25日 第1刷

定価はカバーに表示してあります。

著 者 岩井三四二《いわいみよじ》

発行者 徳永 真

発行所 株式会社 集英社

東京都千代田区一ツ橋2-5-10 〒101-8050

電話 【編集部】03-3230-6095

【読者係】03-3230-6080

【販売部】03-3230-6393(書店専用)

印 刷 株式会社 廣済堂

製 本 株式会社 廣済堂

フォーマットデザイン アリヤマデザインストア マークデザイン 居山浩二

ISBN978-4-08-744214-4 C0193